KB217644

사진은 감동이다!

사진은 감동이다!

"사진은 세상을 살아가는 이유이며 희망이 된다"

김경자 · 김은진 · 김해영 · 박규자 · 박윤수 · 박재광 · 신동일 · 신병문
신상희 · 안정훈 · 안혜정 · 염관식 · 옥인교 · 이경원 · 이광숙 · 황선아

푸른솔

사진은_감동이다!

2010년 4월 5일 초판 발행
2010년 5월 15일 초판 2쇄 발행

엮은이 신미식
발행자 박흥주
발행처 도서출판 푸른솔
편집부 715-2493
영업부 704-2571~2
팩스 3273-4649
주소 서울특별시 마포구 도화동 251-1 근신빌딩 별관 302호
등록번호 제 1-825
값 18,000원
ISBN 978-89-93596-10-6 (03810)

prologue

열정에 대하여

사진을 촬영하는 것은 자기 자신을 거울에 비추는 것과 같다고 생각한다. 사진에는 저마다 개성이 넘쳐나지만 자신이 촬영한 사진에는 분명 촬영자의 생각이 들어가기에 결국 사진은 스스로 거울이 되는 것이다. 같은 곳을 함께 가서 촬영해도 결과물들을 보면 전부 다르게 촬영된 것을 볼 수 있다.

결국 사진은 그 사람을 나타내는 것이다. 이번에 작업하는 작가들의 사진들을 보면서 이전에 내가 알고 있던 느낌과 다른 면모들을 많이 발견했다. 사진 속에서 말하고자 하는 내면의 울림들은 내가 생각하고 있던 고정관념들을 깨트려 나갔다. 사진으로 자신의 생각을 나타내는 것은 쉬운 일이 아니다. 오랜 시간 사진을 업으로 살아온 사람들조차도 자기만의 생각을 사진으로 표현하는 것이 쉽지 않다.

이번 책에 함께 참여한 작가들에게서 느낀 것은 뜨거운 열정이다. 사진을 향한 그 순수한 열정이야말로 많은 사람들을 감동시킬 것이라 생각한다. 수준 높은 작품만을 기대하고 이 책을 본다면 실망할지도 모른다. 그러나 이들이 가슴 깊이 묻어두었던 속내를 풀어 놓은 이 책이야말로 사람들에게 깊은 공감을 얻을 거라 생각한다. 적어도 내가 만난 이들의 사진과 열정은 분명 감동적이다. 가장 순수한 감정으로 사진을 담기에 그럴 수밖에 없다. 글과 사진을 보면서 흡사 내 자신을 보는 것 같아 가슴이 뭉클해지기도 했다. 이들이 걸었을 산과 들, 그리고 이들이 만난 인연들을 함께 만나고 돌아온 느낌이다.

그래서일까? 지금 이 순간 작가들의 얼굴이 하나 하나 떠오른다. 다가가 수고했다고 어깨를 토닥여 주고 싶다. 여러분들의 수고와 용기와 식지 않는 열정에 아낌없는 박수를 보낸다. 진심으로 당신들을 사랑합니다!

- 청파동에서 신미식

contents

김경자

http://blog.naver.com/stay9033
e-mail : stay9033@naver.com

prologue

사진에 관심이 많았던 나는 우연한 기회에 카메라를 갖게 되었습니다.
그 계기로 사진을 배우게 되었고 자신만의 감성을 살려 보기 위해
사진 전시와 다양한 사진들을 접하던 중 우연한 기회에
특별한 감동이 있는 어떤 사진을 보게 되었습니다.
그 이후 사진은 그냥 멋진 사진이 전부라는 틀 안의 생각을 깨어 버렸습니다.
사진에는 이야기가 담겨 있어야 한다고 합니다.
나만의 시선으로 나만이 바라 볼 수 있는 많은 이야기들을 담으려 노력하였습니다.
열정과 몰입으로 추운 겨울 손끝이 에이는 듯한 칼바람에도
도전할 수 있는 용기와 자신감도 배웠습니다.
무언가에 시선을 고정할 수 있는 삶의 변화를 주었습니다.
앞만 보며 열심히 달려오던 제게 책을 출간할 행복을 안겨 주셔서
설레임으로 가득 채워지고 있습니다.
삶이 여유로운 게 아니라 삶에서 여유를 찾을 줄 아는 지혜로운 사람이 되겠습니다.
낯설지만 전혀 낯설지 않은 새로운 공간에서 새롭게 보는 시선으로
하나둘씩 더 많은 것을 배우려고 끝없이 노력하겠습니다.

우아하고
당당하게,
그렇게

우리 모두 세상 사람들의 통념과 상관없이

허리를 곧게 펴고 우아하고 당당하게.

근심 걱정 있다면 우리 함께 나누면 조금씩 줄지 않을까 생각합니다.

더 이상 잃을 것이 아무것도 없는 사람처럼.

미소 가득한 얼굴로 세상을 바라보면서, 그렇게

기억을
걷는 시간

혼자여도 좋습니다.
둘이면 더 더욱 좋습니다.

한 때는 지나가는 세월을 아쉬워한 적도 있습니다.
사진과 함께 하면서부터는 삶 자체가 참 아름답게만 보이더군요.

저마다의 추억을 떠올리며 걷는 사람들.
소중한 추억을 만들어 가는 사람들.

저 잔잔한 파도만큼이나
서로의 마음에 아름다움으로 오래도록
기억을 걷는 시간이었으면 좋겠습니다.

나를 위한
즐겨찾기

한 걸음 한 걸음 내 발길 닿는 대로 걷고 또 걷다 보면
자연이 주는 아름다운 풍광도 나에게로 스며오는 듯합니다.
가끔씩 숨고르기를 하며 내 안의 상쾌한 바람을 불어 넣어 봅니다.
나를 기다리는 그 공간, 미로 속으로 점점 다가가는
나만을 위한 시간을 위해.

내 마음의 창

우리는 평범한 일상을 소중한 것들로
채우고자 하는 마음이 있습니다.
내 마음의 창을 수시로 확인하면서
새로운 창을 준비하는 것도 내가 할 일입니다.
행복에 방해가 된다면 멀리 보내버리고
긍정적인 생각으로 세상을 바라본다면
그 어떤 길로 들어서는 나의 발걸음도
한결 가벼워질 것 같다는 생각을 해봅니다.

내
아름다운
하루의
선물

드넓은 군산 선유도에서 낚시 배를 타고
말없이 손끝의 감각으로만 잡을 수 있다는
바다낚시의 매력에 흠뻑 빠져봅니다.
그 매력의 시간을 아버지와 아들은 함께 합니다.
누군가 먼저 손맛 제대로 느끼며 잡았나 봅니다.
그들은 약속이나 한 듯이 같은 곳을 바라다보며
부러움의 시선을 보입니다.
하지만 여전히 오른손 손끝의 감각을 믿으며
넉넉한 미소를 보이십니다.
오늘도 또 하나의 귀중한 선물을 받았습니다.
내 삶에서 가장 빛나는 하루이자 아름다운 모습을 보았습니다.
가장 소중한 남편과 그리고 아버님 사랑합니다.

두 갈래의 갈림길에서 오는 갈등

한참을 걷다보면 두 갈래의 갈림길에서 우린 머뭇거릴 때가 있습니다.
인생길, 이렇듯 결정을 해야 하는 것들이 너무나도 많지만
그다지 쉽게 결정하지 못할 때에는
조용히 내면을 들여다보며 재충전의 시간도 필요합니다.
내가 선택한 길은 나의 몫이므로 현명한 생각과 판단을 믿는 것입니다.
훗날에, 지난날을 되돌아보며 그 갈림길에서
후회 없는 결정을 했다고 웃는 날이 반드시 올 것입니다.

때로는 아날로그로

어느 날, 디지털 세상의 삶이 고단하다고 느껴질 때면
도시의 혼란스러움에서 벗어나 타임머신을 타고
아날로그적 시대로 가봅니다.
나 홀로 직접 보고 느끼면서 지나온 추억들을 회상하며 철길을 걷다보면,
어느새 지친 마음이 편안해지면서 해답까지 찾게 됩니다.
현실은 디지털로, 마음은 아날로그로
그러면 오히려 마음이 포근해지지 않을까 생각합니다.

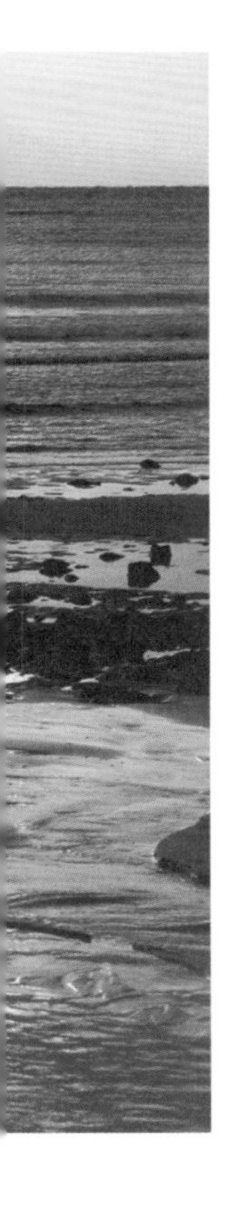

바람의
소리

때로는 조용히 혼자이고 싶을 때가 있습니다.
자연과 함께 있는 시간이면 더 좋겠습니다.
그 시간만큼은 바람의 소리를 느끼며
내면의 나와 대화를 나누기 때문입니다.
내가 가장 행복하다고 느낄 수 있는 공간이면 더 좋겠습니다.
나만의 상상공간이어도 상관없습니다.
가끔씩 나만을 위해 바람의 소리를 들으며
사색할 수 있는 시간을 만들어보면
분명히 무엇인가 얻는 깨달음이 함께 하기 때문입니다.

사랑은
언제나
세상 안에서

사랑은 자연과 함께 사람들 속에 섞여 있을 때
상대적으로 유일함의 가치가 더 빛난다고 합니다.
내가 바라보는 풍경을 함께 바라보는 것,
비록 그 감성은 다를지라도 사랑을 두드리는 마음은 같을 것입니다.

우리의 삶은
행복이라는
맛이다

우리의 삶은 크고 작음, 높고 낮음 그 속에서
행복하기로 마음먹은 만큼 행복해집니다.
그 길을 한 걸음 한 걸음 걸으며 음미하는 여행인지도 모릅니다.
생각에도 리듬이 있듯이 밖에서 오는 행복이
나에게도 구별도 차별도 없이 잘 섞였으면 좋겠습니다.
색채, 개성 있는 어울림의 조화가 맛뿐만 아니라
잘 섞임에 서로가 잘 어우러지고
수많은 사람들의 다양한 생각들이 모여서
행복이란 달콤새콤한 맛을 만들어 내기 때문입니다.
스스로를 매너리즘에 가두려 하지 말고
변화를 두려워하지 말아야 합니다.
행복의 맛을 진정으로 느끼며 사는 가슴 따뜻한 사람이 되도록
우리의 삶의 일상들이 특별해지도록
매력 넘치는 사람으로 변화를 주고 싶습니다.

자신과의 타협에서 찾아오는 갈등

묵묵히 걸어가야만 하는 산행 길!
그곳에는 오르막이 있고 내리막이 있어
우리 인생길과도 같다는 생각을 해봅니다.
정상을 향하여 내딛는 발걸음에서
자신과 타협하고 싶은 마음이 간절할 때가 찾아옵니다.
자기 자신과 타협했을 때 그 이후 오는 실망과 후회.
자신을 믿으며 묵묵히 앞만 보며 전진할 때
저 멀리 붉게 물들어 오는 새벽빛의 일출도,
지는 해의 황홀한 감동도 얻을 것입니다.
이 기쁨을 모두 맛보기 위해서는 순간순간 찾아오는 갈등과
타협하지 않는 슬기를 키워야 할 것입니다.

잠시의 휴식도

우리들은 세상을 바쁘게 살아야만 계획된 삶을 산다고 합니다.
자기의 목표를 위해 잠시의 휴식도 인생을 낭비하지 않는 비결입니다.
그 넓은 공간에서 혼자 뛰기도 하며, 그것이 바로 기쁨 가득 했을 때
성취감도 함께 다가오더군요.
지금부터라도 하고 싶은 일들을 하나하나 해보면서 몰입하다보면
인생을 참 잘 살았다 하는 날이 찾아오겠죠.

초록 물결이
춤을
추는 듯

우연히 한강변을 걷다 예기치 못한 찰나의 순간 떨림은 시작됩니다.
아이들의 시선에 차마 눈을 뗄 수가 없었기 때문입니다.
초록 물결이 춤을 추는 듯
달려가며 뛰어노는 천진스러운 모습에
내 마음은 벌써 아이들에게 카메라 앵글을 맞추고
난 잠시 기쁨과 행복이 내게로 달려오는 듯 착각에 빠집니다.
아이들에겐 언제나 꿈과 희망이 있기 때문입니다.

커피
한잔
하실래요?

우리는 가끔 다가가고 싶지만 그러기엔 조금 머쓱할 때가 있습니다.
그럴 때 커피 한잔 건네 보는 것은 어떨까요!
쓴맛과 단맛이 담겨 있는 커피 속에 인생도 한 스푼 넣어가며
서로 이야기꽃을 피우고 싶어집니다.
행복이라는 여러 색으로 물들이고
사진을 알고부터는 세상 사는 맛이 참 맛깔스럽습니다.
토속적인 진한 된장이 담긴 뚝배기에서
보글보글 끓는 국물 한 모금 마신 기분이랄까?
사진을 찍기 위해 어디론가 떠나게 되고
떠나게 됨으로써 자연에 대한 그리움과
진한 감동과 설레임은 더해지고,
사람들을 만나 행복이라는 여러 색으로 물들이고,
찍은 사진을 보며 그 추억 속에 다시 한 번 미소 짓습니다.
이런 것이 세상 사는 맛이 아닐까?
나는 너무도 행복하답니다.

김은진

http://blog.naver.com/sallim1324
e-mail : sallim1324@naver.com

prologue

함께 책을 준비하면서 제 마음은 시소를 타는 듯했습니다. 오른편으로 기울어질 때는 무리한 욕심을 갖는 것이 아닌가 하는 두려움과 망설임이 앞설 때였고, 왼편으로 기울어질 때는 "생활 사진가" 라는 이름에 기운을 얻고 '최선을 다하자!' 라는 다짐과 열정이 일어설 때였습니다.

일상생활 속에서 내 눈을 통해 들어오는 그리고 마음에서 이야기되어지는 소소하고 단순한 순간의 장면과 생각들을 사진으로 찍었고 글로 남기기 시작하면서 제 마음은 정화되어지고 있었습니다. 그러면서 내가 그러했던 것처럼 사람들에게 웃음을 주고 싶어졌습니다. 함께 행복하고 싶었고 함께 꿈꾸어 가는 삶을 살고 싶어졌습니다. 독불장군처럼 "혼자" 가 전부인 줄 알았던 제가 사진을 통해 "함께" 라는 기쁨을 배워가고 있었기에 나의 소원을 우주에게 빌고 또 빌었지요. 그 소원의 첫 응답이 이렇게 이뤄졌습니다. 그 응답만으로도 저는 감사 속에 머물고 있습니다.

많이 부족하고 모자란 실력이지만 그럼에도 불구하고 이렇게 세상 속 당신에게 인사를 드립니다. 그렇기에 당신의 시선에 잠시 머물러 있기만 하여도 좋겠다는 소심한(?) 욕심을 부려봅니다. 누구의 길이 아닌 나의 길을 가는 것이 힘이 들고 어려운 만큼 가치 있는 것이라고 가르쳐주신 '나의 선생님', 그리고 '나의 친구들' …
지독한 외로움을 견뎌내는 동안 함께 있어 주었기에 이렇게 길을 갑니다. 고맙습니다.

이제 저는 더욱 간절한 마음으로 또 다른 우주의 응답을 기다립니다. 그러는 동안 열심히 마음을 여행하겠습니다. 그리고 편지하렵니다. 세상 속으로…

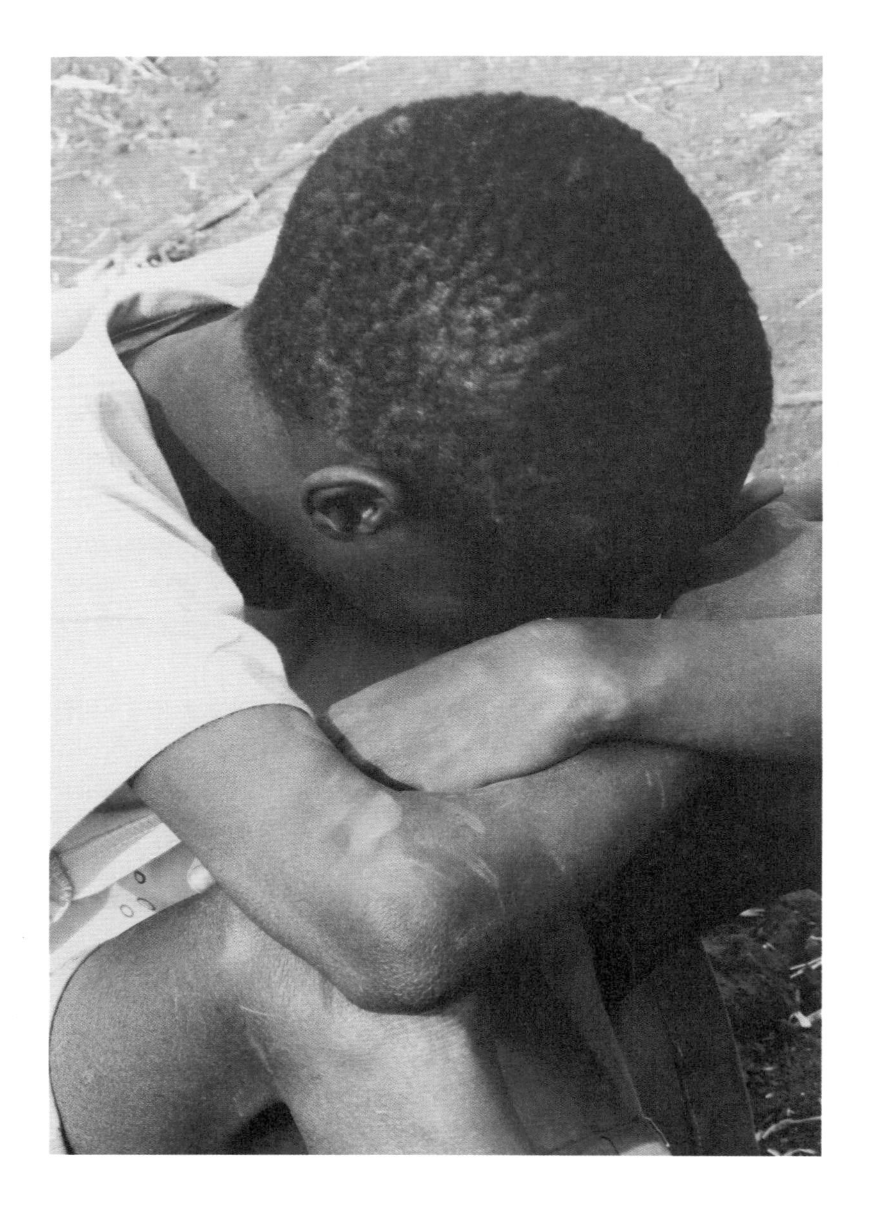

괜찮아

누구나 행복하고 즐거운 것은 아니다.
누구나 기쁘고 신나는 것은 아니다.
누구에게는 피곤한 일상일 테고
누구에게는 힘든 하루일 수도 있으니
무엇도 강요하지는 말았으면 한다.
아니 스스로에게 무엇을 어떻게 해야 한다는 짐을 지우지 않았으면 한다.
잠시 힘들어 고개를 파묻고
"왜 이따위 삶이냐고" 한탄을 하여도
그 한탄 속에는 보다 더 용기 내어 살고픈 마음이 있다는 것을 알게 될 테니…
그렇게 살아내고픈 욕망과
그렇게 되지 않을 것 같은 두려움이 만나
피곤함을 느끼는 것일 테니…

그 "상감(Sangam)"의 지점에서
쉬어가는 것이야말로 지혜 중의 지혜일 테니…

괜찮다고…
괜찮다고…
정말 괜찮다고…
다독이고 다독이는 스스로의 손길 위
눈물자국 지나간 자리에는 아무도 모를 수줍은 미소가 피어날 테니…

그림자놀이

그림자!
넘을 것인가, 숨을 것인가의 선택은 스스로의 몫이겠으나
선택을 해야 한다는 강박은 내려놓아도 좋지 않을까?
부딪히고 부딪혀 어딘가 닳고 있다면,
그래서 아픔을 느끼고 있다면
한계점을 만나 더 넓은 한계로 다가서라는
그분의 친절한 사인에 귀를 기울이면 될 터…

부딪혀 아픔을 호소하는 자리
잠시 멈추어 숨을 고르고 그 사이 공간을 만들고
무엇이 부딪히고 있는지
어디에서 아픔을 호소하고 있는지 살펴보아 주면 어떨까?
그림자의 한계가 나의 생각을 구속하지 않도록…

그림자의 한계가 나의 마음을 청소하려 하지 않도록…
어울려 자유로이 다녀가도록 허락해도 좋을 거야.
그림자놀이
해보면 생각만큼 무섭지 않음을, 어렵지 않음을 알게 될 거야.
익숙해지고 나면 나를 성장시키는
최고의 시간이었다고 말할지도 몰라.

그 말 꼭 들었으면 좋겠다.
참, 조심할 게 있어.
속지는 말았으면 해.
한계를 풀겠다는 한계에 갇히지 않도록!

길 위에서

기억하고 기억해내는 일에 끝이 있을까?
불안과 염려가 희망을 삼켜버리지 않을까 조바심을 내는 가운데
쉬운 길, 타협된 길을 선택하려고 하지는 않는지 살펴보기까지 해야 하면서.
어렵게 생각되어 긴장되는 순간들의 연속.
어찌해야 할까. 어찌해야 하나.
그렇게 홀로 안절부절, 오락가락 하는 사이
나도 모르게 나오는 것은 기도.

지혜를 달라고, 두려움에 속아 타협하지 않게 해달라고.
누군가의 것을 내 것인 양 거저 얻으려 하지 않게 해달라고.
내 소원이, 바람이 씻기지 않게 해달라고.

꿈처럼 간직해 왔던 삶.
현실에서 표현하며 울부짖던 수많은 밤의 외로움들을 미래 어느 날
웃으며 기억해 내는 날이 오게 해달라고.
오고 가는 길 위에서 어찌할 바 모르겠다며 안절부절 하지만
하나씩 결정하며 멈추어만 있지 않는 자신에게
잘했다, 애썼다, 괜찮다는 위로.
아낌없이 부어주는 사람이 되어가게 해달라고.

나는 …

누군가 내게 말합니다.
불친절하다고, 그래서 불편하다고
너무 예민하다고, 그래서 다가서기 힘들다고
진지함이 부담스럽다고, 그러니 책을 좀 그만보라고.
또 다른 누군가 내게 말합니다.
실수하는 걸 너무 겁낸다고, 그래서 때로는 무섭다고
말없는 모습을 보면 너무 차가워 보인다고, 그러니 조금 웃으라고.

그래요.
모두 나에게 있는 모습입니다.
흔들렸기에 무조건 바꾸려 했습니다.
그러고 나면 친절하고 착하다는 이야기를 들을 꺼라 착각했습니다.

이제 나는요. 불친절한 듯 무심하게 보이는 내가 좋고
예민한 듯 날카로운 시선으로 세상을 보는 내가 좋고
책을 통해 진실한 삶을 느끼는 내가 좋고
실수하는 걸 너무 겁내서 정확하려고 노력하는 내가 좋고…

흔들리고 흔들려 여기 이 자리에 있습니다.
내가 좋음으로 그렇게 말입니다.
혹시 알아요. 이렇게 좋다가, 너무 좋다가
친절하게 될지, 그리고 부드럽게 될지.
그러니까 우리 오래오래 만나요.
내 불안전한 모습도 바라본 당신.
인간다워지고 있는 나도 바라봐야지 않겠어요?
나는 그렇게 당신의 믿음에 인사하고 싶으니까요.

너에게 하고 싶은 말은

너보다도 큰 길 위로 네가 지나간 흔적이 힘겹게 남고 있어.
네 작은 몸의 무게보다 훨씬 큰 무게들이
너의 흔적을 곧 지워버릴 테지만
뒤돌아보며 없어졌다고 원망하거나 슬퍼하지 않았으면 해.
네 앞에 펼쳐진 그곳이 너의 길이라는 것을 기억해.
보이는 곳, 마음 다해 닿아보면 다음 여정길이 네 앞에
기적처럼 이어져 있을 테니
지나온 시간들 힘들었다고 불평하며 멈추어 있지 않았으면 좋겠어.
그 시간들은 네게 경험이라는 선물이 된다는 것을 기억해.
그 선물들이 너의 실수를 줄여 줄거야.
길 가는 중에 긴장이 서릴 때면
너를, 주위를 살펴보라는 신호라는 것을 기억해.
그럴 때면 가만히 앉아 바람을 느끼고, 사람을 느끼며
마음의 박자를 늦춰도 좋을거야…
원하는 만큼 머물다가 다시 시작해.
늘 거기서부터가 출발이라는 것을 기억해.
털어내고 가다보면 어느 순간
너의 그림자를 보며 훌쩍 커 있음을 알게 될거야.
잊지 말았으면 해.
그 순간에 네가 고백해야 할 '감사'가 있다는 것을…
그렇게 네가 머물고 간 자리에는
언제나 축복의 웃음이 남아 있기를 기도해주렴.
고마워. 이렇게 너를 만나게 되어서.
감사해. 너와 함께 할 수 있어서.

노 프라블럼!

옹기종기 모여 앉아 재잘거리던 녀석들

입술 언저리 흘러내린 콧물
손등으로 쓰윽 ~ 간단히 치워버리고

노 프라블럼을 외쳐되던 녀석들
그리고 씨익~ 웃어주던 녀석들

그래.
나도
너희들처럼
노 프라블럼!

그래.
나도
너희들과 함께
씨익~

배움

저절로 이뤄지는 일은 아무것도 없음을 배워갑니다.
햇살만 바라보고 살 수도 없지만
땅만 내려보고 살 수도 없음을 배워갑니다.
오늘이 재미있었다고 해서 내일도 그러하리라는 기대를 버리고
오늘이 슬펐다고 해서 내일도 그러하리라는 절망도 버립니다.
"오늘 뿐" 이라는 말은 아마도 그러한 뜻에서 온 것이 아닐런지요.
지금을 영원히 누리고 싶다는 욕심과
사라지지 않으면 어쩌지 하는 불안이
지금 이 순간을 방해하는 유일한 것일지도 모르겠습니다.

정말 좋아서 완전 소중하다고 말하는 그것이 정말일까요?
너무 싫어서 아무나 가져가도 상관없다고 말하는
그것은 정말 가치 없는 것일까요?

너와 나, 그 사이를 비교의 눈금자로 평가하며
내겐 있다고 으스대는 어리석음을 범하고
내겐 없다고 칭얼대는 어리광을 피웠습니다.
지금도 크게 달라지지는 않았습니다.
앞으로 얼마나 달라질 수 있을까요?
나는 달라지기를 희망하고 있는 것일까요?

그저 지금 나는
몸과 마음에 배인 습관들이 더덕더덕 끈질기게 붙어 있고
아차 하는 순간 이미 일어 난 실수들과 상처들 사이에서
무너지지 않기만을 바라고 바랄 뿐입니다.

경계, 한계,
조금 더 넘어서려는 용기와
지금 이대로를 지키려는 아집의 충돌
그 사이에서 잘 견뎌내주기를 …
그렇게 뿌리내려지는 지구별 삶이 되어준다면
이 생을 선택한 목표에 조금 더 가까워질까요?
난 그렇게 되기를 희망합니다.

빌립보 아저씨

"빌립보 아저씨, 무엇을 보고 계세요?"
게임하고 축구하는 아이들에게서 떨어져
낮은 바닥 주저앉아 무엇을 보고 계신지 물어보고 싶었습니다.
그런데 묻지 못했어요.
아저씨는 영어를 몰랐고, 나는 스와힐리어를 몰랐고.
카메라 렌즈를 통해 다가온 아저씨의 시선에서
슬픔을 느꼈다면 그건 내 슬픔인거죠?
피곤함을 느꼈다면 그건 내 피곤인거죠?
어떡해서든 물어볼 걸 그랬어요.
손짓, 발짓, 몸짓.
동원할 수 있는 건 다 해서 아저씨의 표정을 이해해야 했어요.
빌립보 아저씨.
저에게는 소원이 있답니다.
닫힌 얼굴 너머 수줍게 숨겨진 사람의 마음을 보게 되기를 바라는 소원.
지금 그 소원을 따라 한걸음, 한걸음 걸어가고 있어요.
아저씨도 어딘가에 머물고 있겠죠?
우리 그때 다시 만나면 알 수 있게 되었으면 좋겠어요.
찌푸린 눈썹 하나에 속상함을
수줍은 웃음 속에 행복함을
우리 다시 만나면 마음으로 이야기해요.
좀 지루할 때는 손짓, 발짓으로도.
아저씨, 오케이?
난, 오케이!

사랑

깊어진 주름을 이해할 수 없었어요.
상처 진 손바닥을 바라볼 수 없었구요.
굽어진 걸음을 지켜보기도 싫었어요.
아빠 없는 지금
아빠를 닮은 누군가라도 지나치게 되는 그 순간
울컥. 새까만 쓰라림이 가슴을 치고 가버리네요.

이쁜 딸을 부둥켜안고서 미안하다고, 고맙다고 말씀하시며
잘 살아보자고, 서로 잘 살아보자고 행복해 하시던
그 순간의 사진을 잊지 못하는 것은
아빠의 품에 안겨 안심하고 기뻐하던 그때처럼
어릴 적 내가 안겼던 그 아빠의 품에
다시 한 번 안겨보고 싶은 마음에서 일 거에요.

비록 지금 내 손을 잡아줄 아빠의 자리는 비어 있으나
언제라도 바라봐 주셨던 그 사랑의 흔적은 점점 커져 가고 있어요.
그 흔적을 매만지며 웃으며 살아야겠다고 다짐해요.

용서하세요. 아빠.
감사드려요. 이제라도.
기억할게요. 당신의 사랑.

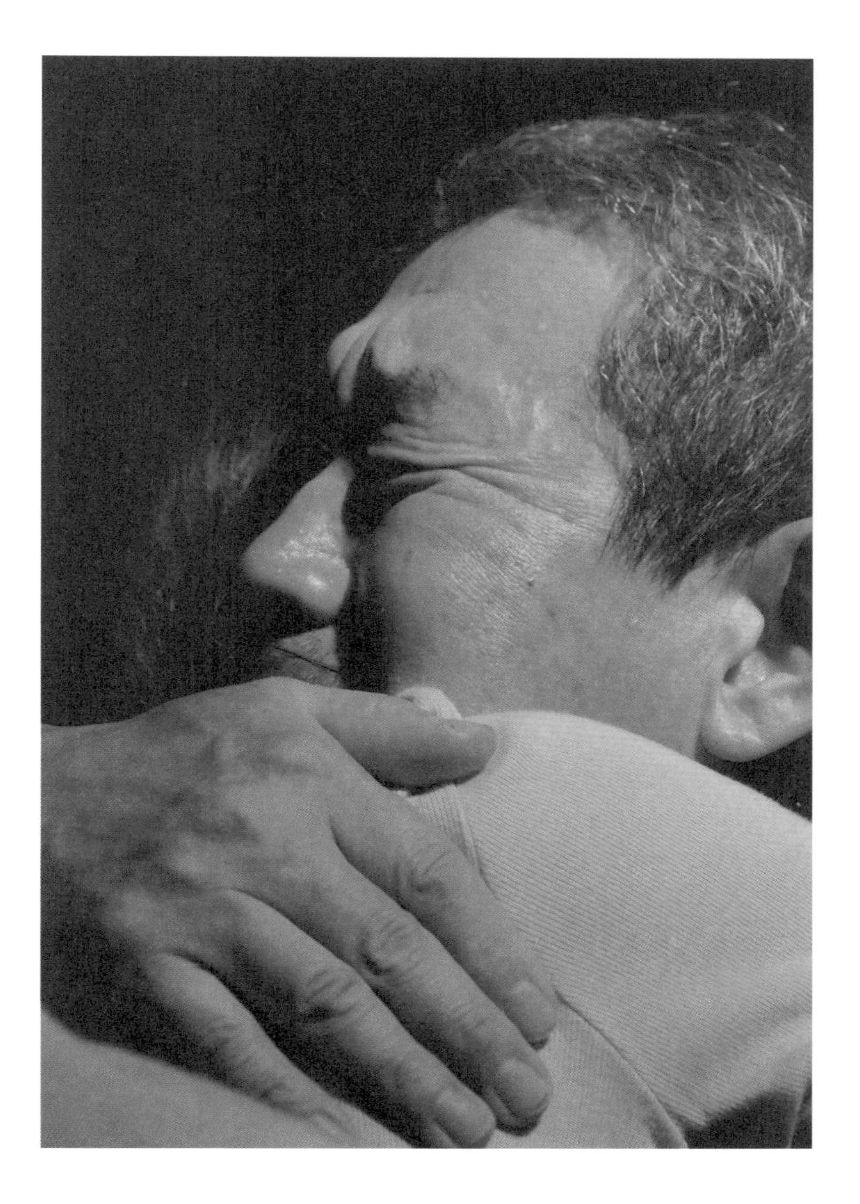

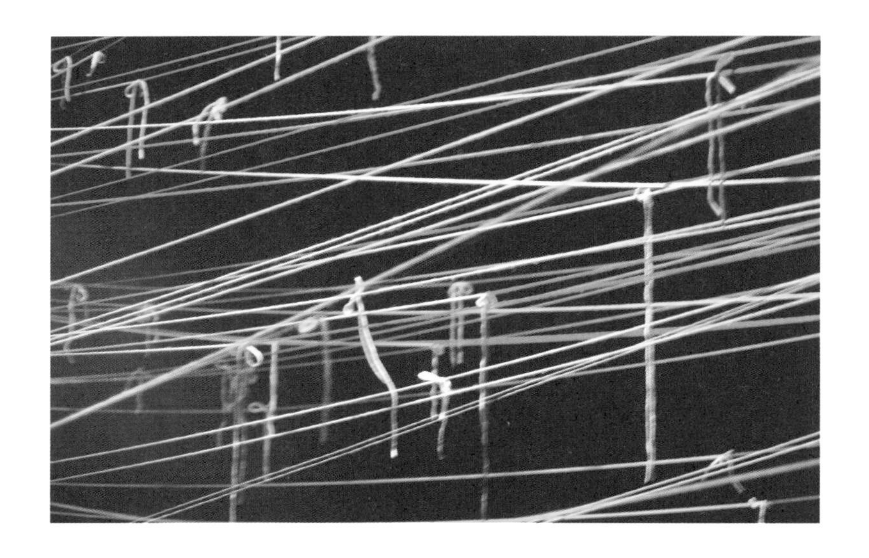

인연

억지로 붙잡고 싶을 때가 있습니다.
떠나보내고 싶지 않아 생떼를 부리며
자리에 주저앉아 주위를 눈물바다로 채워버립니다.

보는 사람
우는 사람
못할 짓이라는 생각 가득하지만
아직은 내 맘이, 내 손이 풀어져가는 끈을 놓지 못하겠습니다.
그래도 그러는 순간에도

스르르 떠나가며 이별을 고하는 얄궂은 인연.
내 울음은 더욱 커져가고, 내 슬픔은 깊어만 갑니다.

떠나간 인연.
손에 잡았던 자욱마저 사라져 갔음을 알았을 때 난 후회를 합니다.
차라리 떼쓰지 말고 "가지마. 조금만 더." 라고 말이라도 해볼 것을.
차라리 울지 말고 "잘 가." 라는 인사라도 할 것을.
차라리 외면하지 말고 떠나는 뒷모습 바라보기라도 할 것을.

내 아픔만 너무 크다는 생각에
떠나는 사람의 마음 보아주지 못함을 아쉬워하고
내 슬픔만 너무 깊다는 생각에
돌아서는 사람의 눈물 이해하지 않음에 미안해합니다.

떠나왔나요?
떠나갔나요?
떠날 것을 염려하지 않고
떠날 것을 두려워 말고 그 너머의 사랑을 만날 수 있기를
그래서.
그래서.
맺어진 인연의 흔적이 어떠할 지라도.
아니 그 어떠함의 흔적을 서로 만들어가도록
그렇게 살아가기를.

훗날
내 마음 곳곳에 남은 인연의 흔적들을 바라보고 살펴보며
기억하는 축복을 누릴 수 있게 되기를.

좋은수

구수한 전라도 사투리,
탁한 듯한 굵은 음성으로 노래를 합니다.
"18세 금" 빨간 딱지 붙여야 할 노래들을 어디서 그리도 많이 배우셨는지요.
자랑하듯 시원하게, 그리고 넉살 좋게 부릅니다.
듣는 사람들은 얼굴을 붉히며 배꼽 빠져라 웃기 바쁩니다.
부르는 사람은 당당함으로, 넘치는 끼로 가득합니다.

그 넉살 좋음이 부러웠습니다.
자신의 재능으로 다른 사람들에게 웃음을 선물하는 마음이 멋져 보였습니다.
찍은 사진을 보여주었더니
"나 멋있지?" 하며 흐흐흐 웃습니다.

내가 이 사람을 계속 기억하는 건
언젠가 말했던 이 한마디 때문입니다.
"앞이 캄캄한 것 같아도 다 좋은 수가 있기 마련잉께 너무 고민 말드라고…"

정말 그 좋은 수는 있더군요.
앞이 캄캄한 순간
반짝이는 좋은 수가 생각나면
언제나 이 사람도 함께 생각납니다.
아싸! 하는 즐거움과 함께…

폭설

지금 이 순간을 있는 그대로 마주하는 것이
최고의 행복이고 즐거움이 아닐까요?

웃을 준비 단단히 하고
나무 아래 자리를 잡고
밤사이 내린 눈,
반겨주지 못한 아쉬움까지 다 합해서 외칩니다.

"흔들어!"

순간, 폭설이 내렸습니다.

하하하하하하하

행복

보고 또 보고.

'내가 이렇게 행복한 얼굴이었어?' 하는 생각에

사진을 보고 또 본다고 말해주었지.

사진을 볼 때마다 행복하다고

그래서 행복한 마음이 자꾸자꾸 샘솟는다고 말해주었지.

나는 너의 그 말로 인해

용기를 내어보자고 은근한 욕심을 내기 시작했나봐.

네 행복한 모습을 보며

나도 행복해져서 말야.

있잖아.

그러고 보면 말이야

사진은 감동이 맞는 거야.

그 말밖에는 달리 표현할 말이 없는 것 같아.

휴식

쉬겠습니다.
오늘은 아무 생각 않고 푹 쉬겠습니다.

그리고 내일이 찾아오면
새롭게, 그리고 정성껏 맞이하겠습니다.

당신을.
세상을.

김해영

http://blog.naver.com/rrlagodud
e-mail : rrlagodud@naver.com

prologue

어느 날.

사진이 내게 말을 걸어 오고

사진기를 통해 빛과 아름다움을 찾아내어

블로그를 통해 이웃과 느낌을 나누고.

내 이름을 건 개인 전시회를 두 번 하면서

감성이 같은 분들도 만나게 되어

스치고 지나가는 아름다움을 담아

작은 책으로 인사를 드립니다.

코스모스

어제 코스모스처럼 소박한 사람들과 소주 한잔 기울이며 많은 이야기를 하고 왔다.

물보석

지금 창밖엔 비가 내리네요
커피 한잔 마시며 음악을 찾아요
피아노 선율이 아름다운 김광민의 지금은 우리가 …
오랜만에 음악과 비에 젖어 본다.

영혼

갈증

어느 일요일.

누군가에게 전화를 한다.

무조건 나와 달라고 얘기한다.

차를 몰며 전에 생각했던 카페로 향한다.

이런 저런 이야기를 나누며 그곳에 미련을 조금 남기고 돌아온다.

몽리

지나치다 무언의 느낌을 받을 때가 있다. 정지된 사물과 생각하는 사람과의 공감.

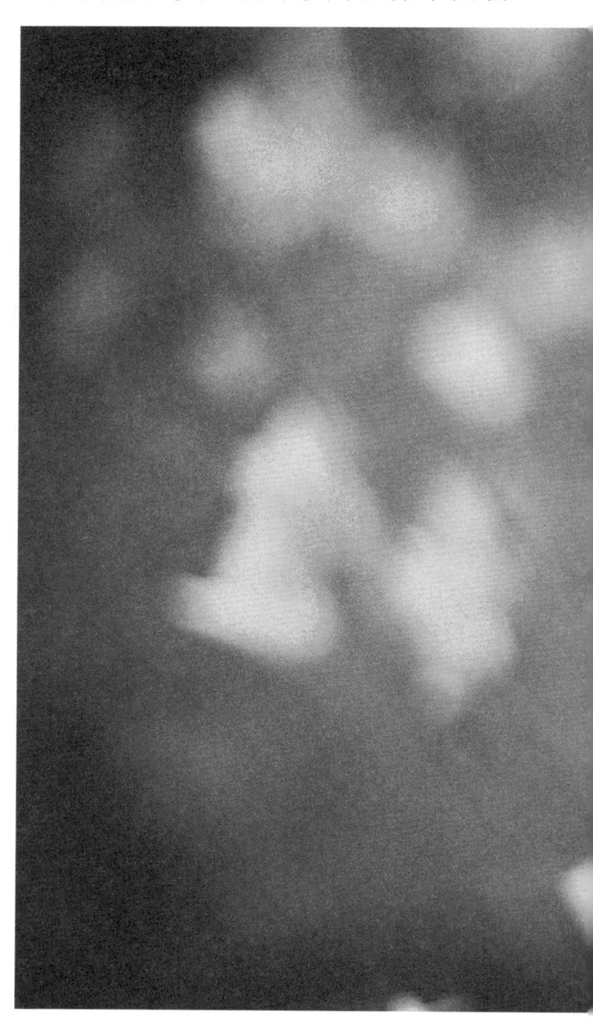

집중

가끔 흔들리는 마음을 잠재우려 오산천을 간다.
땅거미가 나지막이 지는 그 공간 속에 흔들리는 풍경과 나.

자전거 타는
소녀

사진을 찍을 때 빈 공간을 두고 찍는다.

사진을 보는 사람이 마음의 여유를 두고 갈 자리라고 할까요?

빛 망울

보여주세요.

오래된 당신의 모습을.

오늘처럼 비가 내리면 한없이 보고 싶어요 .

시간

20대엔 시간이 빨리 흘러갔으면 했다.
나이가 들면 내가 하고 싶은 것 다 할 수 있겠구나 하고.

30대엔 나에게 주어진 일.
내 가족을 위해 많은 일을 하며 시간 가는 줄 몰랐다.

40대엔 내가 지금 어디에 있는가 한참을 생각하며
내가 당신 곁에 있다는 걸 많은 사람에게 보여주려 한동안 서성거렸다.

이젠 50이라는 숫자가 너무 싫다.

가을 향기

항상 느끼지만 가을은 내 마음을 무겁게 만든다…

무제

가끔은 떠나고 싶고,
가끔은 술 마시고 싶고,
가끔은 새로운 시선으로 보고 싶다.

아침햇살

말없이 바라보는 무심한 시선

한없이 바라보다 언제가 보았던 그 느낌을 찾는다.

구겨진 시선

연 이틀 비가 내리더니 시선도 내 마음도 구겨져 버렸다.

HOT
DOG

카페풍경

차 한잔 생각날 때 두 곳을 생각한다. 조용한 곳, 사람들이 숨쉬는 곳.

박규자

http://blog.naver.com/kyuja8787
e-mail : kyuja8787@naver.com

prologue

20년을 한결같이 너무도 변함없는 삶을 살아온 나.
소심한 성격에 변화를 두려워해
무언가에 도전한다는 게 쉽지만은 않았던 나.
이것저것 취미생활을 해봤지만 그 흥미 또한
오래 가지 못하여 금방 포기를 하곤 했습니다.
우연히 TV에서 사진작가에 대한 소개를 보고 이끌려
그에 관한 책들을 구입하여 보고, 그러면서 점점 사진에 대해
흥미를 갖게 되었으며, 그 사진의 매력에 빠져
그 속에서 행복해하고 즐거워하는 나를 보았습니다.
자꾸 욕심이 생깁니다.
사진에 대해 더 알고 싶고 깊이를 더하고 싶은
작지만 소박한 나만의 사진 세계를 만들어 가고 싶은 욕심…
사진, 자연, 우리의 삶!
이렇게 도전함으로써
성취감을 얻는다는 것이 나에겐 꿈만 같습니다.
그 속에서 새로운 삶을 발견하고, 힘들었던
지난 시간들을 잊고 희망 가득한 날들로 만들어 나가고 싶습니다.
이제 도전은 힘들고 어려운 게 아니라 마음먹기 나름이라는 것!
그래서 그 어떠한 것도 두렵지 않습니다.
책을 낸다는 것은 내게 상상조차 할 수 없는 일이었는데
이렇게 현실로 이룰 수 있도록 기회를 만들어 주신
모든 분들께 감사드리며, 앞으로도 더욱 발전하는 나로 만들어 나가겠습니다.

공연

많은 사람들이 같이 음악을 듣고 있지만,
나를 위한 공연이라 생각하며 듣는다.
짧은 시간이지만,
입가에 미소를 지으며 행복에 젖어본다.

사랑하는 사람과 같이 있다면 더욱더 행복했겠지.

맘에 여유가 없다.
무엇에 쫓기고 있는지.
내 마음 둘 곳이 없다.
어디론가 잠시 떠나야겠다.
돌아왔을 때,
나는 달라져 있겠지.

누나
같이 가자 ~

어릴 적
동생은 늘 받는 것에 익숙하고
누나도 늘 주는 것에 익숙하다.
누나는 항상 양보해야 하고 나눠줘야 하고,
동생을 챙겨야 하고,
욕심을 부리면 안 된다.

하지만
누나의 마음은 어떨까?
한번쯤은 저렇게 동생이 못 따라오게 도망가고 싶겠지.

눈물

몇 년 전 이 빗물만큼 눈물을 흘린 적이 있다.
저 왕따 나무처럼 혼자가 되어 본 적도 있다.
죽을 만큼의 고통을 느낀 적도 있다.
하지만 이제는 그 어떤 힘든 것도 이겨낼 수 있다.
이젠 혼자가 아니다.

달콤한 유혹

융프라우 정상!!
이곳은 기상 변화가 심한 곳이다.
앞을 볼 수 없을 정도로 눈보라가 몰아친다.
눈보라가 지나가기를 기다리면서
핫쵸코 한잔으로 몸을 녹이고 있었다.
정말 잊을 수 없는 달콤한 맛이었다.
차 한잔의 여유,
밖의 경치가 새롭게 느껴졌다.
눈보라는 사라지고 나는 따뜻해진 몸으로
여유 있게 사진을 찍을 수 있었다.

소원을
빌어봐

노을이다.

태워버릴 것만 같다.

잊고 싶은 것도 저 노을에 태워질까.

멍하니 저 노을을 바라보며 소원을 빌어본다.

다 가져가라고, 그래서 태워 달라고.

약속

그곳에

그들이 있어야 했다.

그런데,

그만 혼자 걷는다.

그들의 약속은 어찌된 건가.

그의 뒷모습은 허전하다.

그가 올 거라는 마음으로,

그는 곧 뒤 돌아보리라.

그리고

그들의 미소로

그늘도 환~해지리라.

엄마

우리 엄마
집에 기둥이셨던 엄마
엄마도 담배를 피우셨다.
한숨과 함께 연기를 날려 버리시던 모습이 떠오른다.
주름 깊이 삶의 고단함이 느껴지고 힘들어 하셨지만
항상 씩씩하셨던 엄마.
젊은 시절 골목대장이셨던 우리 엄마
이제는 지팡이 없이는 제대로 걷지도 못하신다.
한때는 미워하고 원망하면서 살았는데,
그래서 생각만 해도 가슴이 짠~하니 아려온다.
엄마한테 너무나 큰 죄를 짓고 있는 건 아닌지.
죄송하고 또 죄송합니다.

엄마 미안…

행복을 끌고 가는 사람

아빠 …빨리 빨리
여보 …힘내요
아빠 …한바퀴 더.
아빠는 이를 악물고 한마디 하신다.
팔 늘어 나겠다.

어릴 적 썰매를 타본 적은 없지만
시골에 놀러 갔을 때 오빠들이 신나게 타는 걸 몇 번 본 적은 있다.
보고 있는 동안 한참을 웃었다.
애들보다 엄마 아빠가 더 신나했다.
작은 썰매 하나로 가족은 너무 즐거워 보였고 행복해 보였다.
한 가족이 작은 추억을 만들고 있는 게 너무 보기 좋았다.

오후 산책

사람들은 평범한 게 제일 어렵다고 한다.
내 삶도 이렇게 평범하면서 따뜻해질 수 있을까.
뒷모습에서도 느껴지는 행복감.
사람들이 보는 내 뒷모습은 어떨까?
쓸쓸하고 외로워 보이지는 않을까?
언젠가 나도 느낄 수 있겠지.
행복을 만끽하고 있는 내 모습을.

틀

내가 만든 틀에서 벗어나는 걸 싫어하고 두려워했다.
내 방식대로 생각하고 그 만큼만 이해하고,
때로는 남을 원망하면서 살았다.
그 안에서 힘들어하고 괴로워하면서…
내가 알고 있는 게 전부일 거라고 생각한다.
더 좋은 세상이 있는 걸 모르고 지나친다, 바보처럼.
발전 없는 생각으로 내가 만든 틀에서 벗어나질 못하고 있다.
빛이 있는 저 밝은 세상에 빠져보고 싶다.

파란 밤

마냥 걷는다.
목적지도 없다.
기다리는 이도 없다.
파란 밤을 느끼면서
발길 닿는 데로 가보자~.

한 점

결국
인간이 만들 수 없는
조물주만의 작품이었다.
저산, 하얀 눈, 하늘.

형형색색

평범한 도시에서 발견한 화려한 건물.

박윤수

http://blog.naver.com/land119
e-mail : land119@naver.com

prologue

사진은 단순히 나의 삶의 기록이다. 단순하다는 것은 '내게 있어 사진이란' 의 정의에 해당하는 것이지 복잡하지 않다는 것이 아니다. 만약 내가 '사진을 찍는 의미가 무엇인가?' 에 대한 답을 찾는다면 헤어나올 수 없는 혼돈으로 빠져들어 사진을 찍을 수 없을 것이다.

수많은 사람들이 최고 성능의 카메라와 렌즈를 가지고 멋지고 좋은 사진을 찍는다. 내가 찍은 허접한 사진보다 더 멋지고 좋은 사진이 여기저기서 넘쳐난다. 굳이 내가 찍지 않아도 다른 사람들의 사진을 보는 것만으로도 충분한 만족감을 느낄 수 있기 때문에 사진기를 서재에 넣어 두었다.

'신미식 작가' 와의 만남은 사진이 계기였지만 정확히 말하면 사진보다 그의 글 때문이었다. 첫 만남에서 물었던 첫 한마디 "글 누가 쓴 거죠?" 웃으시며 "내가 썼는데요" "정말요?" 믿기지가 않았었다. 죽음의 문턱에까지 다녀와 보지 않은 사람은 쓸 수 없는 내면의 진솔함을 글로 쓰고 있었기 때문이었다. 처음 만남부터 우리는 서로에게 약속이 있었다. 몇 개월 전까지도 나에게는 그 약속에 대한 책임감이 우리의 끈이었다고 솔직히 고백한다.

어느 날, 우리가 만난 추억을 남기기 위하여 책을 함께 만들자는 제안을 받는다. 사진? 내가? 민폐 끼칠 일이라 생각하여 포기를 결정하고 조용히 말씀드리려 기회를 보는 도중 얼떨결에 지금까지 오게 되었다. 한편으로는 무척이나 행복하다. 이런 기회가 아무에게나 아무 때나 있는 것이 아닌데. 추억으로 남긴다면 '사진&책' 말고도 다른 것이 얼마든지 있을 텐데 함께 해주신다는 것에 대하여 부담스러우면서도 감사하게 생각한다. 이번 작업을 시작하면서 함께 한 우리들에게 '생활 사진가' 라는 이름이 주어졌다. 삶의 자취를 기록으로 남기는 '생활 사진가'. 이 명칭으로 다시 사진기를 들게 되었고 자주 들쳐보던 몇 장의 사진을 조심스레 올려 본다.

어머니

당신을 생각하면
가슴에 한 덩이 돌이 베겨 있고
흐르는 눈물, 자욱하여 강이 되고
쌓인 한, 말없이 고이 간직한 어리석음에 탄식만 나옵니다.
자식에게 동화책 한 권 사주고 싶어
바구니에 옥수수 담고 연탄불 위에 번데기, 소라
올려 지나가던 사람들을 말없이 바라보시던.
지금은 아름다운 모습 어디로 가고
주름만 가득한데.

왜 그리 말없이 웃음으로 살아오셨는지
왜 아직도 웃음으로 지난날을 묻으시는지.
이 한 장의 사진을 담아 바라보면서
잊으려 했던 쌓인 답답함이 울분이 되어 터집니다.

어릴 적 내 손 꼭 잡고
동산 위 따스한 햇볕 아래서 함께 아버지 기다릴 적에
웃음 속 감추어진 마음은 눈물로 가득하셨을 것을.
지금
그냥 엎드려 울고만 싶습니다.
사랑합니다.
어머니.

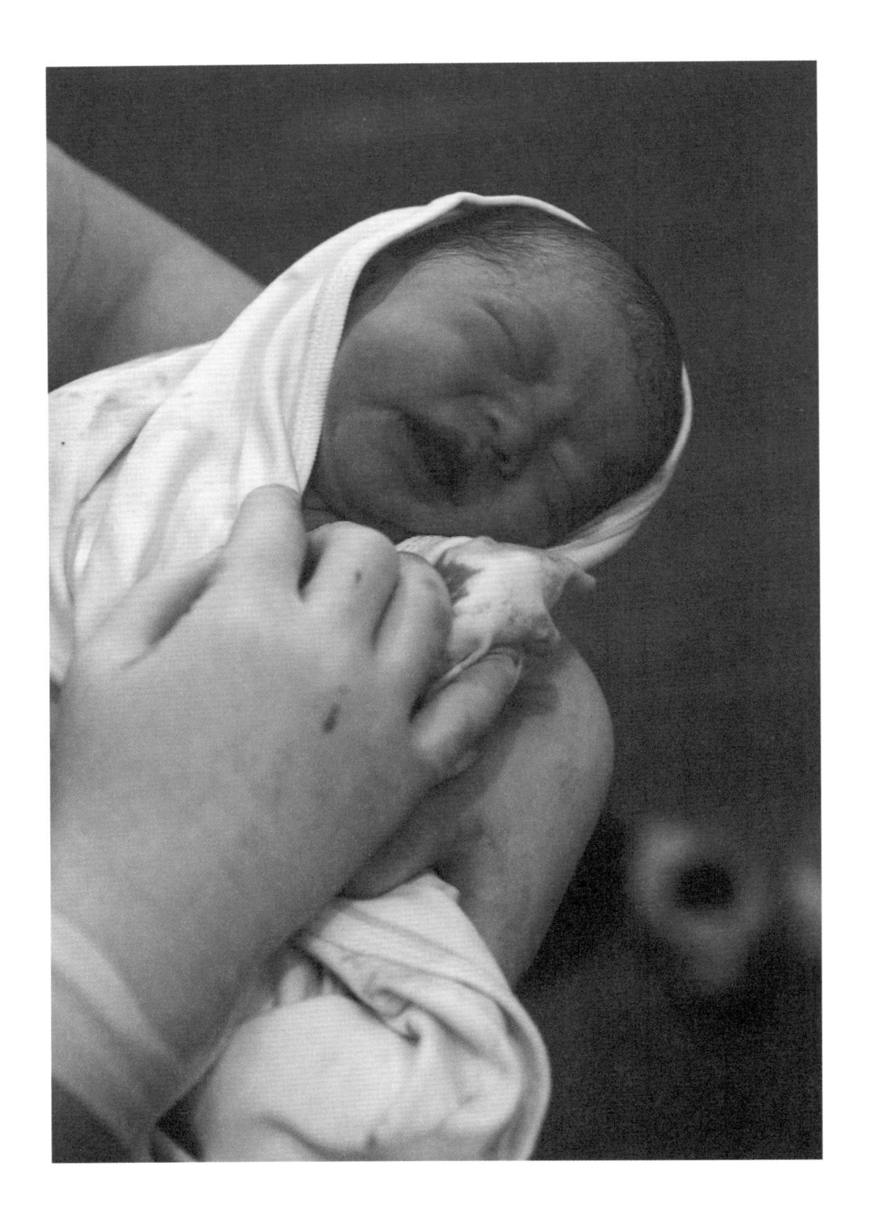

하늘이 맺어준 인연

너를 통해
내가 이 세상에 존재했었음을 사람들이 알게 될 거야.

네가 아름답게 빛나기 위해
내가 지금의 길을 닦아 놓는 거야.

내가 받은 크나 큰 사랑보다 더 큰 사랑을
네가 사는 날 동안 받게 될거야.

무척이나 행복한 오늘 이 순간을 네게 알려주고 싶음은
네가 나처럼 이런 행복을 느끼게 될 거고
나처럼 너도 네 자녀들에게 이렇게 말하게 될 거기 때문이야.

네가 태어나 너무 기쁘단다.
우리는 '하늘이 맺어준 인연' 으로 만났단다

48세 할아버지 되던 날…
소연이에게.

내 하나의 사랑

당신께 할 말이 너무도 많은데
그 말이 무슨 말인지 도무지 모르겠습니다.

아마 모르는 것이 아니라
너무도 많아 무슨 말부터 시작해야 할지 모른다는 것이
맞는 말일 것입니다.

마냥 고맙기만 한 당신,
그 무엇으로도 대신할 수 없는 당신의 삶을
우리에게 주었기 때문에.

우리는 한없이 고맙기만 합니다.
'내 하나의 사랑' 이 되어준 당신이 고맙습니다.

한밤중 퀵서비스

"저 갈께요"

형에게 인사를 하고 집으로 향하려던 순간 후다다닥~ 카메라 스위치를 올리고 조리개값을 보니 f/4.5. 대충 셔속은 나올 거 같다는 스쳐지나가는 생각과 함께 길 건너 골목길에서 빠르게 달려오는 무언가에 초점을 맞추고 2방의 셔터를 눌렀다. 누르기보다는 날렸다고 해야 맞는 얘기였다.

건너편 어둠 속 희미한 가로등 불빛 아래로 달려나오는 뭔가 보는 순간 '이거다' 라는 생각이 들었기 때문에 카메라를 들고 찍지 않을 수 없었다. 불과 3~4초면 그 무언가가 빠르게 사라져버리기 때문에 그 순간을 놓칠 수 없었다. 여기까지는 뭔가를 보면 사진을 찍어대는 나의 본능적인 행동이었다. "이 사진 멋지다." 나는 자랑스럽게 카메라 모니터를 미식 형과 이민 작가님께 보여주면서 항상 내 자신에게 묻는 말을 또 반복하며 중얼거렸다. "멋있긴 한데, 이 사진이 도대체 뭘까?" "멋져~ 좋은데… 그거 오늘 올려" 미식 형이 웃으면서 나에게 말한다.

"크롭하면 쓸만하겠는데요?"

"그냥 올려. 크롭하지 마"

"제목도 없는데?"

"한밤중의 택배 오토바이." 미식 형과의 대화를 지켜보던 이민 작가님이 웃으면서 제목을 지어주신다. 집으로 향하는 중 잠시 생각에 빠진다. 본능에 따라 찍었던 수많은 사진들. 그 사진들에 대해 나는 항상 '도대체 이걸 왜 찍었지? 어디다 쓰려고 또 찍었지?' 라고 생각했다. 그런데 그런 또 한 장의 사진을 미식 형은 오늘 출판할 사진의 후보에 올리라고 한다. 내가 좋아서 찍은 후 이유없이 버려졌던 수많은 사진 중의 하나가 될 수밖에 없었던 한 장의 사진이 미식 형과 이민 작가님의 구제로 '한밤중의 택배 오토바이' 라는 제목이 붙여져 내 폴더 속에 자리굳힘을 하게 되었다.

나는 사진을 잘 모른다. 다만 너무 사진을 찍고 싶어 무수히 많은 사진을 찍는다. 그리고 그 많은 사진들을 저장 하드에 사장시켜 버린다. 이러한 운명 속의 사진 한 장이 구제되는 과정을 생각하면서 "사진을 아는 사람과 모르는 사람의 차이는 과연 뭘까?" "셔터를 누르는 순간의 즐거움을 모른다면 사진에 대한 애착도 소중함도 알 수 없을 것이다" 라고 말해본다.

아마도 나의 사진 이야기는 이렇게 시작하게 될 것 같다.

그리움을 찾아

삼척항이었던가?

해돋이를 보러나간 바닷가.

아무도 없는 방파제 위를 홀로 거닐던 나,

습한 바다 바람이 온몸을 휘감아 마음을 하늘로 띄우고

멍하니 바라보는 저 멀리 바다에는 무언가를 향한 그리움이 솟구친다.

안개 자욱하여 희미하게 보일 듯 말 듯한 그리움은

아마도 내 삶의 뒤안길이 아니었는지.

이런 느낌, 무언가를 향한 그리움, 자꾸 느껴보고 싶다. 이유도 없이.

아침밥 차려놓고 나가요!!
밥이랑 국은 식을까봐 안떴어요!!
밥 맛있게 드시구요!! 건강생각
하셔서 담배줄이시구요!!
운전조심하시구요!! 사랑해요♡
— 아들 —

아들이 차려준 밥상

늦은 귀가로 늦잠을 자는 나를 깨우며
“아빠, 몇 시에 출근해요?”
“일어나야지”
“저 먼저 나가요. 식사하고 가세요”

눈을 비비며 물을 마시러 부엌으로 가는데
식탁 위에 녹색 도화지가 이쁘게 쪽지와 함께 덮여 있었다.

가끔 너무 마음이 여린 아들이 걱정스러우면서도
뭐라 말할 수 없는 눈물겹도록 진한 혈육애를 느낀다.

항상 ‘아빠’ 는 무엇보다도 자식들에게 ‘든든하게 보여야 한다’ 고
생각하며 힘들고 피곤해도 내색을 하지 않던 나인데
요즘 많이 힘든 내 모습을 아들이 보았는지
내게 부쩍 더 신경 써준다.

짜식, 너희들만 잘된다면.
아무튼 고맙다~

〈아내가 출장 중이던 날 아침〉

힘들고 지칠 때
불러보세요

우리는 항상 이렇게 말없이 바라만 보고 있나봅니다.
그래도 가끔 지치고 힘들 때는
나를 불러보세요.

당신은 모르지겠만
곁에서 이렇게 말없이 항상 지켜보고 있답니다.
부르면 달려갈 수 있는 바로 곁에 서 있답니다.

사랑이라는 이름으로.

햇무리

사진기를 들고 무언가를 찾아 떠나는 길에
이런 황홀함을 만난다는 것은 대단한 행운입니다.

이제껏 살면서 햇무리를 처음으로 봅니다.
한참을 바라보며 어떻게 햇무리가 생겨나는지 궁금해졌습니다.

경이롭고 오묘한 자연의 섭리에
경건함을 표하며.

이처럼 아름다운 세상을 살아가는 모든 사람들의 마음이
이처럼 아름다웠으면 하는 생각을 해봅니다.

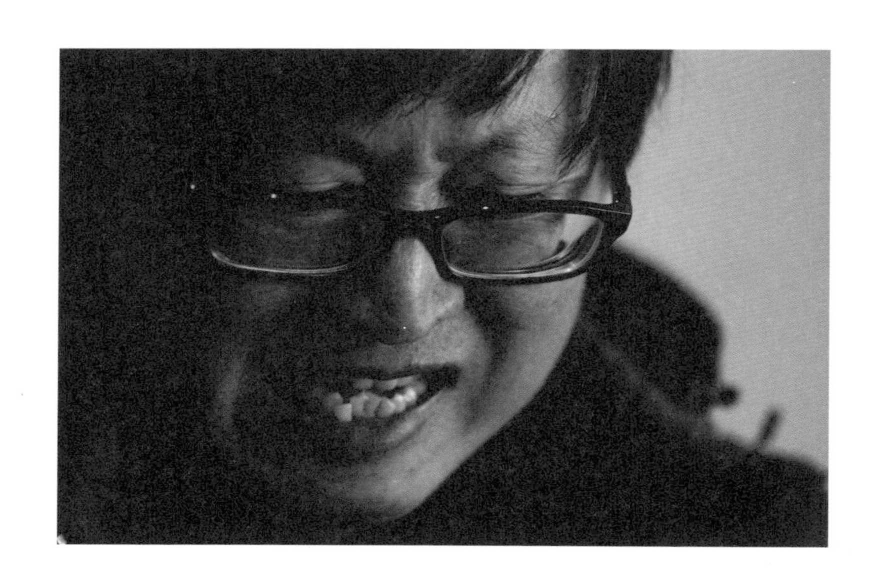

슬픈 얼굴

"가장 화난 얼굴 지어볼래?"
웃을 일이 별로 없는 어느 날,
친구에게 카메라를 들이대며 부탁하자 지체할 틈도 없이
"이~익" 하며 괴롭고 슬픈,
화가나서 못 견딜 만큼 속상한 표정을 지어준다.
웃고, 울고, 때로는 사색에 잠기는 등 다양한 표정의 사람 얼굴.
표정이 없다면 우리는 앞에 앉아 있는 사람의 마음을
어떻게 읽을 수 있을까?
얼굴은 마음의 거울이라 한다.
친구에게 이런 표정을 부탁한 것은
친구가 슬프고 억울하고 화가났을 때 어떤 표정인지 궁금해서였다.
내 친구가 슬퍼할 때 이런 얼굴이구나.
갑자기 마음이 아파온다.
친구에게 이런 표정 지을 일, 절대 일어나지 않기를 바래보면서
장난스러운 사진 한 장을 소중히 간직해본다.

사는 게 별거 있는가?

춤을 춘다.

가을엔 가을을 어깨에 가득 싣고 함께 춤을 춘다.

꽃향기 한 잔 가득 담아 가슴에 퍼붓고

바람 따라 향기 따라 취한 듯 몸을 흔든다.

세상이 별건가?

바람에 흔들리는 꽃대처럼 바람에 맡기면 그만인 것을.

가을엔 가을에 취하고 겨울이 오면 흰 눈에 취하여 또 춤을 추리라 .

초상화하나
남겨준다면

사람들만 초상화를 남기는가?
나도 한평생 당신들과 함께 고락을 했으니
이름과 함께 초상화 한 장 남기네.

그대들이여,
어디 세상이 사람들만 사는 곳인가?.

부질없는 다툼
어이없는 변명
잘난 척하는 모습
탐욕

나는
견공이라는 미천한 동물이지만
한평생 주인만을 충성으로 섬겼으니
내 초상화 하나 걸어 기억해 준다면
그나마 생전 바라보았던 세상의 추함을 잊고 가겠네 그려.

염원

사람들은 어렵고 힘들 때 더욱 나약함을 깨닫습니다.
가장 강하면서도 나약한 존재. 사람.
그러기에 무한 힘을 가진 신(神)을 찾아 구하고 또 간청합니다.
지난해 2월 서산 간월도를 찾았습니다.
때마침 바다를 향해 제를 올리고 있었습니다.
푸짐한 음식을 차려 놓고 몸을 숙여 절을 하며
스님이 많은 사람들의 염원을 담아 기도를 하고 계십니다.
이들의 바램은 결국 행복입니다.
한해 무사하고, 풍랑도 잠잠하고, 만선도 기원하며,
모든 가족이 한해 무사하기를 갈망하는 것, 바로 행복입니다.
한참을 바라보며 모든 사람이 정말 행복했으면 좋겠다는 생각과 함께
종교는 다르지만 마음속으로 함께 기도를 드려봅니다.
슬픔이 있기에 행복이 더 값지다고 하지만
그래도 슬픔 없는 행복으로 모든 사람들의 삶이
가득 채워지기를 소원해봅니다.

2009년 2월 서산 간월도에서

사진으로
돌아보는
시간여행

가끔 귀로 듣는 소리를 사진으로 담아보고 싶은 충동이 일어난다.
물론 가능한 일은 아니지만 그런 사진을 담을 수 있다면.
여름 장맛비가 갑자기 쏟아붓고 있었다.
굵은 비가 대지를 두드리는 소리.
마치 자연이 연주하는 교향악을 듣는 듯했다.
주변을 보니 종이박스가 있어 근처 처마 밑 바닥에 깔고
빗물이 부딪치는 지면에 엎드려
카메라 높이를 맞추고 연사를 날렸다.
몇 장을 찍었는지 팔이 너무 저렸다.
빗줄기도 금새 조용해지자
카메라에 담긴 사진이 궁금해 컴퓨터가 있는 사무실로 달려갔다.
가끔 그때 사진을 꺼내보며 혼자 흥얼거려 본다.
지금도 여름 어느 날 장맛비의 음율이 귀에 들리는 듯하다.
이렇게 사진은
지난 시간을 되돌아보는 즐거운 시간여행으로 나를 안내한다.

열정에 대한 보상

지난 가을 스쿠버를 하려고 강릉 사천항을 찾았다. 이른 아침 안개가 자욱히 내려앉은 고요한 사천항 모퉁이에 자리잡고 바다를 바라보며 생각에 잠겼다. 얼마가 지났을까? 안개가 조금씩 걷히면서 고요한 바다에 '첨벙' '첨벙' 하는 물소리가 들리기 시작했다. 갈매기들이 아침 바다를 치고 지나가는 소리였다.
급히 차로 달려가 카메라를 가져와 다시 자리를 잡았다. 시간이 없었다. 모드는 AV, 셔속 확보와 느낌을 위해 조리개는 f/5.6으로 설정하고 바다를 찍어보니 셔속이 1/2000이 나왔는데 어두웠다. 어두운 색의 피사체 갈매기와 밝은 바다의 노출을 측정하기 위한 탐색의 결과가 대충 나왔다. M모드로 전환하고 조리개 f/5.6에 ISO200, 셔속을 800으로 맞추고 다시 갈매기를 찍어보니 너무 밝고 셔속이 느려 갈매기의 움직임을 잡을 수 없을 만큼 흔들렸다. 갈매기가 바다를 치는 순간을 잡으려면 셔속을 조금 더 올려야 할 것 같아 셔속을 1600으로 맞추고 한두 장을 더 찍어보니 갈매기의 움직임이 포착되었다. 기다렸다. 내가 가진 렌즈는 28-300mm. 300mm 망원으로 땡기고 갈매기가 바다를 치는 순간을 잡으려면 카메라 뷰파인더 상에 보이는 갈매기를 하늘에서 바다로 치는 순간까지 놓치지 말아야 하는 집중력이 지금부터는 가장 중요한 사항이었다.

바다를 치려는 낌새가 보이는 갈매기를 허공에서부터 잡아 수면까지 따라가야 하는데 300mm로 보이는 뷰파인더의 갈매기가 워낙 커서 조금만 렌즈가 흔들려도 갈매기를 놓치게 된다. 그래서 양쪽 눈을 뜨고 한쪽 눈은 뷰파인더를 보고 한쪽 눈은 갈매기를 보면서 시선을 고정하였다. 이상 준비를 마친 시간은 불과 5분 정도. 10여장의 사진을 찍고 나니 그 짧은 시간에 해는 중천으로 올랐고 항구에는 출항 준비로 어선들이 엔진 시동을 켠다. 안개와 갈매기도 자취를 감추었다.

10여장의 사진 중 한 장을 건졌다. 너무 뿌듯하여 파도가 높아 스쿠버를 못한다 해도 즐거울 것만 같았다. 사진을 찍기 시작한 지 2년여 만에 다져진 성과였다. 이 사진을 블로그에 올리자 몇 명에게 전화가 왔다. "담에 같이 가자" "가려면 본인 카메라부터 익히고 와".

내가 이 사진을 찍을 수 있었던 것은 내 카메라를 잘 알고 있었기 때문이다. 많은 사람들이 사진을 찍고 싶어서 카메라를 들고 다니지만 본인 카메라의 성능을 알고 상황에 따라 긴급히 설정을 변환하는 방법과 그 이유에 대해서 학습하는데는 게으르다. 좋은 사진, 원하는 사진을 찍기 위해서는 가장 먼저 자기 카메라에 대한 이해와 충분한 변환설정 연습이 필요하다.

프로들에게는 별로 대수롭지 않은 사진이지만 초보자인 나에게는 노력한 '열정의 보상' 이라 생각한다. '좋은 사진을 찍고 싶다는 강한 열정은 항상 원하는 사진을 얻게 되는 보상이 뒤따른다' 는 것을 이 사진 한 장을 얻으면서 깨닫게 되었다. 이 사진을 볼 때마다 행복하다. 사진을 찍는다는 것에 대한.

박재광

http://blog.naver.com/manofaction1
e-mail : manofaction1@naver.com

prologue

학창시절 밥값은 물론 차비도 없었지만 난 사진을 무척 찍고 싶었다. 세상의 모든 모습을 내 시선으로 담고 싶었다. 그저 스쳐 보내기엔 눈 시린 모습들을….
두 달 동안의 아르바이트로 처음 구입한 카메라. 벅차오르는 감동도 잠시, 미친 듯이 셔터를 누르고 싶었지만, 필름과 현상료의 압박으로 빈 셔터를 누르는 일이 더 많았다. 늘 부족했지만 밥 먹는 것보다 사진 찍는 것이 좋았던 시절이었다.
지금은 나의 일상이 되어 버린 카메라와 11년 전 여행길 사진에 담겨 있는 열정을 꺼내 보려 한다
군 제대 후 세상을 다 담아 보려던 참에 내게 오카시오의 여신이 찾아와 주었다. 중국 내륙을 탐방할 수 있는 기회가 생겼던 것이다. 그때만 해도 내륙은 오지나 다름없었던 시절이었다. 말도 글도 통하지 않는 곳에서 오직 사진기만이 내게 충분한 가이드 역할을 했다. 비포장도로의 버스 안에서 덜컹거려 천정에 머리가 닿을 만큼 점프를 해도 재미있었고, 아무도 가지 않는 칸슈성 높은 곳 이름 모를 산 정상에서 보는 여름 설산의 모습은 가슴 뭉클한 행복을 주었고, 말을 타고 몇 번의 떨어짐을 감수하며 다녔던 쓰촨성, 그때마다 사진기를 조심스레 품에 안고 떨어졌던 기억들이 아련하게 떠오른다. 오래 머물러 익숙해진 신장 위구르지역 삶의 모습들은 사진으로 고스란히 남아 당시 나에게는 특별한 감동이 되었다.
하지만 이 모든 감동은 나에게 11년의 시간을 원했다. 지난 세월 습관적 감동을 위해서 촬영과 편집을 하고 때로는 이런 고민들로 날을 지새곤 했다. 난 그것이 전부인양 살아왔다. 물론 그런 시간이 나에게 없었다면 지금의 내가 없겠지만 11년 전의 사진이 나에게 무엇을 말하려 했는지, 왜 11년이 필요했는지 이제 조금 알 것 같다.
감동!
사진은 감동이다.
지금 나에게는 사진은 감동이다!

맨발의 장인

우리는 주변에서
수많은 이카루스를 본다.
자만과 오만 그리고 편견!
내 자신도 사진을 찍는 세월이
쌓여 갈수록 이카루스의 날개는 커져만 간다.
높이 올라가면 갈수록
날개가 녹아가는 것도 모른 채
즐거워하는 나의 모습을 본다.
한자리에서 세상이 얼마나 넓은지 모른 채
주전자를 만들고 있는 노인의 모습을
보고 있으면 내 스스로 겸허함이 느껴진다.
소망이 있다면
이 노인을 다시 만나고 싶다.

다른 기다림

한적한 오후
손님을 기다리는 두 사람

그들의 기다림은 서로 다르다.

마주보고 있는 것 같지만
각자의 손님만을 기다린다.

이야기하는 듯 보여도
그들은 다른 곳을 보고 있다.

다른 기다림….

마치 우리처럼

쓰촨성의
악동들

옷이 날개지만
그보다 이 악동들의 순수한 표정이
기쁘게 한다.

이 사진을 보고 있자면
2008년 쓰촨성 대지진이 떠오른다.

많은 아픔을 낳은 대자연의 재앙!
이곳이 온전하게 남아 있기를 소망한다.

나는 또 소망한다.
순수한 표정과 함께 모두가 청년이 되어 있기를.

간절히 기도하며….

25
松
川U 00

버스 정류장

서로 보이는 모습만이
조금 다를 뿐
매일 행복을 꿈꾸며 버스에 오른다.

어린 시절 희뿌연 흙먼지 날리며
비포장 길에 들어선
시골버스의 추억을 기억하며….

빛바랜 흑백사진을
떠올리며 잠시 눈을 감아 본다.

모두가 버스에서 행복을 가지고
정류장에 다시 돌아오기를….

일상의
한 조각

홍수로 인해 길이 막혀 버렸다.
경운기 뒤에 실어 놓은
커다란 나무들과
홍수를 복구하기 위해
힘겹게 올라타 있는 사람들,
지루한 듯 움직이지 않는 버스에서 내려
기다리는 사람들.
답답하고 지루한 시간이었다.
하지만
지금 생각해 보면
도시의 교통체증에서 느끼는 답답함에 비하면
그때가 더 행복했다.
지루함과 답답함은
내 일상의 한 조각일 뿐.

절망과
희망

여행 중
원치 않는 사고는
늘 있기 마련이다.
잠깐 내린 소낙비에
비포장 도로는 순식간에
진흙탕이 되어 버린다.
그러나
줄 하나를 함께 당겨
진흙탕 속 절망을 희망으로 만들어 간다.
절망과 희망
셔터 한 번의 차이는 아닐까?
찰칵!

야크가 부러운 풍경

우루무치에서 카슈가르 가는 길.
에어컨도 없는 좁은 버스 안에서
이틀이면 간다던 카슈가르에 사흘이 다 되도록
도착하지 못하고 더군다나 홍수로 인해 길이 끊어져
언제 다시 출발할지 몰라
한숨만 짓고 있는데.
차창 밖으로 보이는 야크들의 모습이
평안하게 보이다 못해 부럽기까지 하다.
또 한 번 사람의 마음이 간사하다는 것을 새삼 느꼈다.

행복한 식사시간

가족과 하는 식사시간은 항상 즐겁다.
낯선 이에게 갑자기 사진 찍혀
어리둥절해 하던 위구르족 아줌마
사진 속에 모습처럼
많은 웃음으로 나를 반겨 주었다.

카슈가르의
소크라테스

무슨 말을 하고 있는 것일까?
인간의 본질
선과 악
아니, 흥정인가?
아니야~ 에누리야!
주위에 몰려 있는 아이들은 관심 없는 듯
자기들끼리 이야기를 나눈다.
그래도
시장의 소크라테스
달걀장수의 철학은 오늘도 계속된다.

하늘에서 제일 가까운 곳

한 여름.

산 정상은 단지 추운 것만은 아니었다.

눈앞에 보이는 봉우리에

하얀 눈이 아직 녹지 않고 구름에 걸려 있다.

구름이 내 발밑에 있는 신기함과

하늘에서 제일 가까운 곳에서의 자유로움….

세상의 정상에서 나는 느낀다.

행복하다!

여행은 예기치 않은 행복을 보너스로 준다.

商

물 긷는 모녀

우루무치의 시장을 지나다
우연히 마주친 엄마와 딸.
물 사정이 별로 좋지 않은지
우물에서 물을 긷고 있었다.
그리고 찍게 된
착한 소녀의 모습.
물을 긷고 있는 엄마가 힘들까봐
소녀는 자그마한 손을 펌프 위에 올려놓는다.
힘들지만 나를 위해 미소를 지어주는
여유 또한 잊지 않았다.
모녀의 모습이 행복해 보인다.

빈 수레의
희망

오늘은 손님이 없는 것 같다.
쉬고 있는 모습도 편안해 보이지 않는다.
길게만 느껴지는 하루!
꿈이라도
가득 찬 수레를 가지고
돌아갔으면 좋으련만….
내일은 가득 찬 수레가 되기를 희망한다.

삶의
쉼표가 되는
사람들

야채장수 아저씨들.
서로가 경쟁자이면서도
격려하는 모습이 아름답다.
행복한 표정으로
상대방을 바라보는
따뜻한 시선.
서로에게
삶의 쉼표가 되는 사람들….

마지막
필름
한 컷

36장 필름을 다 쓰고 나면
필름을 잘 끼웠을 경우
덤으로 한두 장의 사진을 더 찍을 수 있다.
내 여행의 종반
마지막 남은 슬라이드 필름에 기록된
한 컷.
생각해 보면
필름이 떨어졌구나 하는 생각만 남았을 뿐
다른 생각은 별로 없었다.
지금 이 마지막 컷을 보면서 아쉽다는 생각이 든다.
그리고 내 스스로 마음을 가다듬어 본다 ~ 끝이 아니라고.
긴 시간 나의 서랍 속에서 잠들고 있었던
필름을 세상으로 내보내며
이제 하나의 마침표를 찍었을 뿐이라고.

신동일

http://blog.naver.com/ctyhyena
ctyhyena@naver.com

prologue

이 책을 준비하면서 두 가지 상상도 못해본 일을 겪게 되었습니다. 사실대로 이야기한다면 아직 준비가 되지 않은 그런 두 가지 일입니다. 한 가지는 내 스스로의 이름을 걸고 책을 출간하게 된다는 것과 내 스스로의 만족이 아닌 누군가와 내가 찍은 사진과 생각을 공유한다는 것이었습니다. 자의반 타의반으로 시작한 이 작업을 하면서 과연 무언가를 창조하고 도전한다는 것은 그 무엇보다도 어려운 일임을 새삼 느꼈습니다.

이 작업을 하며서 '경호' 라는 책이 제 머릿속에 계속 있었습니다. 오리떼가 철이 지나 대륙으로 이동할 때면 굉장히 시끄럽게 떠들며 V자 형태로 무리를 지어 이동을 하게 되는데, 떠드는 소리는 동료들을 격려하여 먼 거리를 혼자가 아닌 모두가 이동할 수 있는 힘을 얻기 위함이라고 합니다. 진정 주변 사람들의 격려와 동료들이 없었다면 아마도 중도에 포기해 버렸을 그 무엇이었습니다. 책을 내는 것은 중독성이 아주 강한 작업이라고 합니다.

처음 책이 출간되고 그 느낌이 아주 오랫동안 내게 남아 있다면 언젠가는 또 책을 준비할 수 있는 날이 올 것이라고 생각됩니다. 그때는 조금의 아쉬움이 없는 그런 작업을 하고 싶습니다. 하지만 아쉬움이 없는 것은 없기에 때가 되면 다시 한 번 욕심을 부려 봐야겠습니다. 함께 한 작가님들(?), 나의 가족, 저를 아는 모든 분들 그리고 이 책을 들고 계신 모든 분들이 행복했으면 좋겠습니다.

모두 행복하세요.

만원빵

남자들은 가끔 객기라는 것을 부린다.
이김질을 위해 자신의 희생도 마다하지 않는다.
이번만은 이겨 보리라 한 번 덤벼 보고
질 때면 항상 운이 없음을 한탄한다.
세종대왕님께서 이러라고 종이 위에
얼굴을 내주신 건 아닌 것 같은데.
사내놈들의 습성은 어쩔 수 없나보다.

물놀이

나는 수영을 못한다.
하지만 난 바다를 좋아하고
바다 바람을 즐긴다.

수영을 못한다기보다 겁이 많다고 해야 옳을 것이다.
물 속에 들어가서도 발이 땅에서 떨어지면
덜컹 겁이 나기 일쑤다.
내 허파에 물이 들어가게 할 수 없다는 생각을 하면
내 의지와는 상관없이 몸에 힘이 들어가고
경직되어 물에 떠다니는 자유를 포기하고 만다.

물에 몸을 맏기기에는
포기해야 할 것이 너무 크다.
내 생을 포기해야 하는 것 아닌가?
아무리 몸뚱어리가 고기포대라고는 하지만
아직 고기포대를 포기할 준비가 되어 있지는 않다.

하지만 신기한 일이다.
많은 사람들이 물에 떠다니며 즐기지 않는가?

사슬

풀어 버리려 노력하면 노력할수록
더 조여져 오는
녹이 슬어서 스스로 끊어져야 자유롭게 되는
철조망.

GAP

사탕 줄게
울지 마

아이가 다니는 어린이집에서 할머니 참여 수업을 한다고 하여
사진을 찍어 주러 갔었다.
아이들을 앞세워 놓고 노래도 시키고 춤도 추게 하는 그런 행사를 하게 된다.
그러면 데자뷰처럼 노래는 하지 않고 우는 아이가 있게 마련이다.
잠깐이지만 긴장하기 때문이다.
우는 아이가 나중에 "나는 울지 않았어"라고 발뺌하지 않도록
부모에게 전달할 의향으로 셔터를 눌렀다.
컴퓨터로 사진을 옮기고도 옆에 아이가 있는지 알아보지 못했다.
사진을 정리하던 중 웃음을 참을 수가 없었다.
옆의 아기가 프레임에 간신히 걸쳐 있으면서 무심한 얼굴로
사탕을 전해 주고 있지 않은가 말이다.
"사탕 줄게 울지 마"
사진을 찍을 때면 한 눈은 파인더에, 다른 한 눈은 감지 말고 뜨고 있으면서
주위를 관찰하라고 했던 말이 떠올랐다.
그래야 셔터 누를 타이밍을 정확히 알 수 있다고.
이제 반성 좀 해야 겠다.
그랬으면 시야를 조금 넓혔을 텐데 말이다.

열연

필리핀에 있는 영어 학원의 영어 선생님.
학생들을 위해서 짧은 단막극을 준비해 주었는데
그냥 편히 지나가도 될 것을 성심을 다해 열연해 주었다.
그냥 웃으면서 놀아도 될 터인데
그냥 현실에 타협해도 될 터인데
그냥 시간만 때워도 될 터인데.
나를 보니 그냥 씁쓸하다.

염원

누구에게나 염원은 있다.
하나의 꼬리표마다 하나의 소원이 담겨 있다.
매년 있는 날이지만
소원은 항상 같은 것일지 모르겠다.
나는 한번도 소원을 빌어본 적이 없는 것 같다.
죽기 전에 꼭 하고 싶은 것들의 목록을
만들어 본 적이 없고
그냥 머릿속에서 맴도는 몇 가지만 있을 뿐이다.
농담 삼아 친구들에게 던지는
몇 가지 하고 싶다고 하는 말뿐.

시민 케인이라는 영화에서
모든 것을 다 가졌단 케인도 죽음 앞에서는
어릴 적 같이 놀았던 로즈버드가
그리움의 대상이었으며
평온의 안식처였던 것 같다.

나와 영원히 함께 하고픈 것은 무엇일까?

이분은 지금
무엇을 생각하고
계실까?

배 바지에 시장 통에서 산 싸구려 티셔츠를 입는
패션 감각이라고는 전혀 찾아볼 수 없는
70년대 초반에 살고 있는
머리가 많이 빠져서 머릿속이 훤히 다 보이는
삶의 무게를 견뎌 오며 어깨가 많이 처져 있는
그런 이 남자.
나의 아버지다.
이분도 이제 나이 일흔을 넘기셨다.
아버지께 나는 아직도 투정을 부린다.
제발 잔소리 좀 그만하시라고.
나도 낼 모래면 사십 줄에 접어드는데
당신 눈에는 아직도 내 얼굴에 아이가 남아 있나 보다.
나는 행복하다.
투정부릴 아버지가 있고 아이 같은 어머니가 있으니
세상 그 누구보다 행복하다.
한번도 사랑한다고 지면으로도 말해 본 적이 없다.
나는 아직도 자신이 없다.
사랑하는 내 아버지.

취업운

지금
서울의
거리에서는

지금 대한민국은
취업 때문에 몹시도 몸살을 앓고 있나 보다.
거리 곳곳에 점쟁이들이
저마다 신점을 치기 위해서
통 하나와 한 손에 카드를 들고 나와 있다.
미래는 알 수가 없다.
알 수 있어도 언제인지 모르고
언제인지 알아도 피해 갈 수가 없다.
미래를 알려 하지 말고
그냥 즐길 수는 없을까?

짝꿍

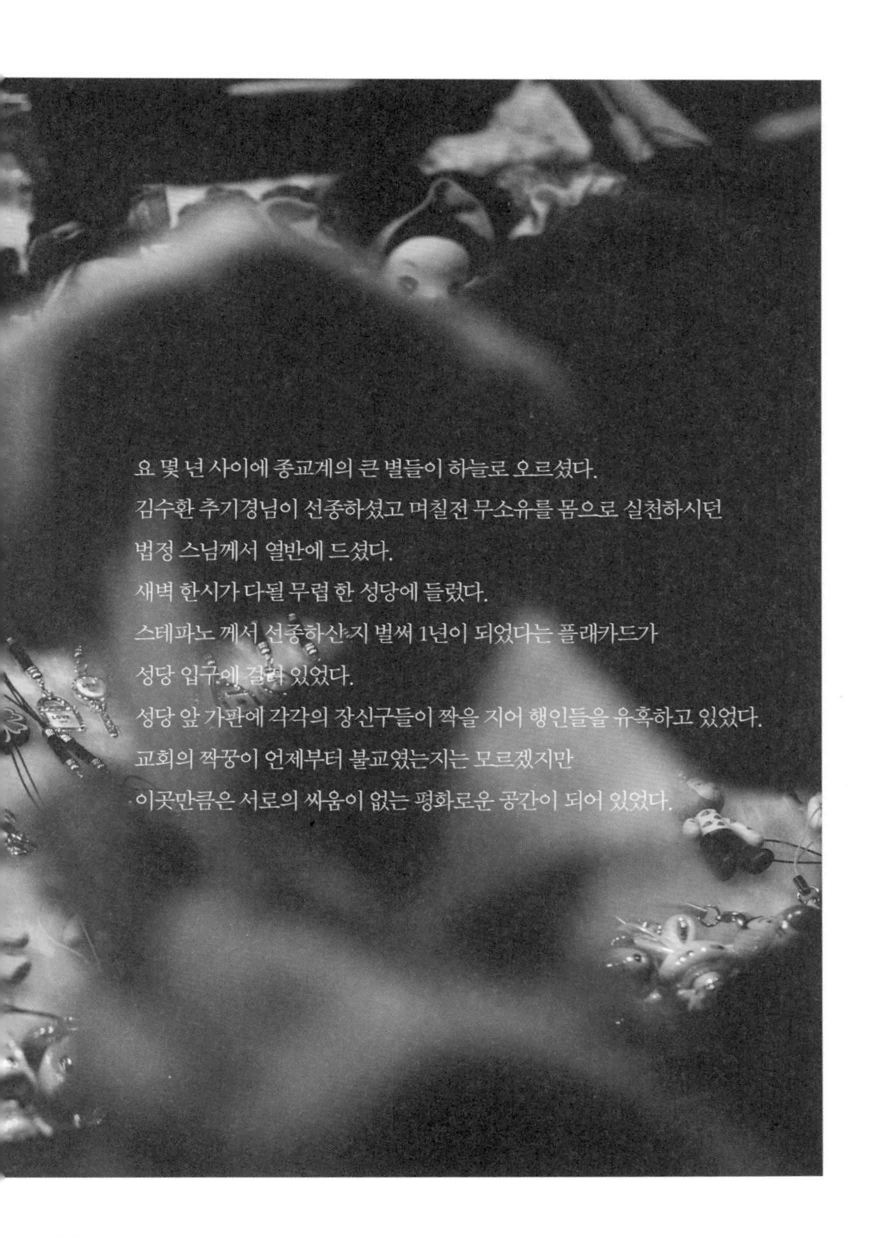

요 몇 년 사이에 종교계의 큰 별들이 하늘로 오르셨다.
김수환 추기경님이 선종하셨고 며칠전 무소유를 몸으로 실천하시던
법정 스님께서 열반에 드셨다.
새벽 한시가 다될 무렵 한 성당에 들렀다.
스테파노 께서 선종하신 지 벌써 1년이 되었다는 플래카드가
성당 입구에 걸려 있었다.
성당 앞 가판에 각각의 장신구들이 짝을 지어 행인들을 유혹하고 있었다.
교회의 짝꿍이 언제부터 불교였는지는 모르겠지만
이곳만큼은 서로의 싸움이 없는 평화로운 공간이 되어 있었다.

창문을 열면
그림이 되는
임금의 공원

일제 강점기에 이름이 바뀐 비원.
비원의 정식 명칭은 '후원' 이라고 한다.
동물원이 된 창경궁과 치욕의 역사를 함께 한 비원.
조선의 왕이 국무에 시달리다 잠깐의 휴식을 위해
머물던 바로 그곳.
한여름 열기를 피하기 위해 창문을 열면
푸른 잎 사이로 시원한 공기가
왕의 머리를 식혀 주었으리라.
창문 하나만 열어도 그림이 되는
임금의 공원이다.

축제

너와 나를 버리고
이제 즐길 수 있는 축제는 없을까?
어렸을 적 축제라는 이름이 아니더라도
난 한없이 즐거웠던 시절이 있었다.
가진 것 하나 없이 구슬치기를 하던 그때는
구슬 하나만 있으면 즐거웠다.
구슬을 집어넣기 위해서
아주 조그만 땅이 있으면 족했다.
그때는 많은 것이 나를 위해서 존재했지만
지금은 주인공이 바뀌어
내가 남을 즐겁게 하는 축제로 바뀌었다.
아직도 나는 남을 이롭게 하는 데 인색한가 보다.
뭐가 들어 있는지 모를 내 손아귀에 들어 있는것을
버리지 못하고
새로운 것을 탐하는 유치한 생각에 빠져 있음을 새삼 느낀다.
나도 그 축제의 일부라는 것을
아직도 깨닫지 못하는 듯하다.

테디 곰
가게

제주도 여행 중 눈이 엄청나게 많이 와서 잠시
곰을 전시하고 판매하는 작은 박물관을 찾게 되었다.
곰은 동물 중에서도 최강자에 속하는 그런 동물인데
어느 순간부터 인간에게 아주 만만한(?) 동물이 되어 버렸다.
나도 개인적으로 곰의 다리를 한번 베고 잠을 자봤으면 했지만
아마 자는 것까지는 가능한데 일어날 일은 없을 것 같다.
여기에서 가장 해보고 싶은 것은 사람만한 곰을 가슴에 안고
환하게 웃어 보는 것이었다.

피할수 없는 고통

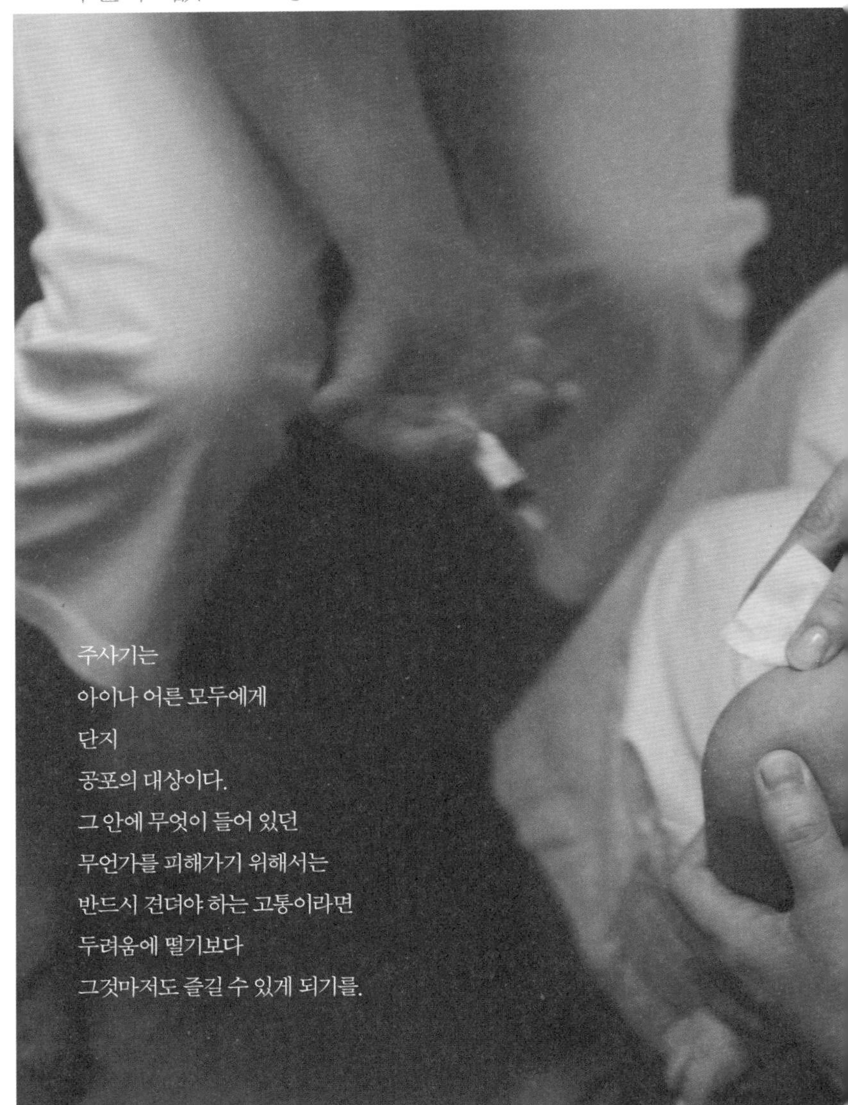

주사기는

아이나 어른 모두에게

단지

공포의 대상이다.

그 안에 무엇이 들어 있던

무언가를 피해가기 위해서는

반드시 견뎌야 하는 고통이라면

두려움에 떨기보다

그것마저도 즐길 수 있게 되기를.

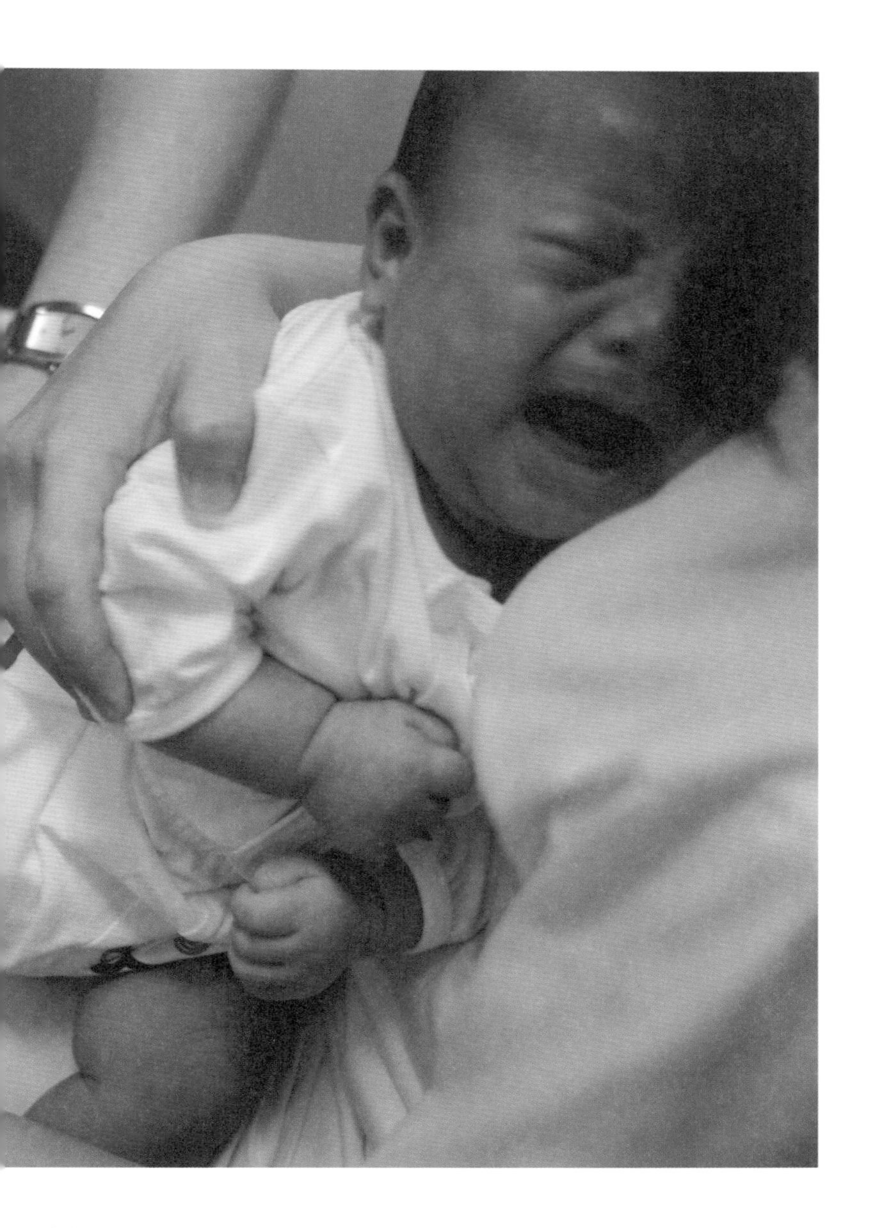

한 돌도 되지 않은
천진난만한
아기의 얼굴

필리핀에 잠시 머물 때 만난 아기 엄마가 아기 한 살 생일에 쓸
사진을 찍어 달라고 해서 아기 사진을 찍게 되었다.
이름이 미미였던 것으로 기억이 난다.
눈망울이 얼마나 크던지 눈을 한번 깜빡일 때
한 시간은 걸려야 될 듯한
큰 눈이 아직도 기억에 선하다.
이제 나는 이 아이처럼 천진난만할 나이는 지났다.
사람이 나이를 먹어 가면 아이가 된다고 하는데
만일 그때가 되어서 내가 천진난만한 눈이 된다고 해도
내 눈은 이 아이처럼 커지지는 않을 것 같다.

신병문

http://blog.naver.com/koreantrek
e-mail : koreantrek@naver.com

prologue

오로지 줄곧 한 가지 꿈만 꾸며 살아온 시절이 있었다. 세상을 널리 둘러보고 싶었고 그 속에서 나만의 시각으로 세상을 보여주고 싶었다. 학창시절에는 어줍잖게 배낭을 메고 비행기를 타보기도 했고 틈나는 대로 우리 땅을 돌아다녔다. 에드워드 김의 눈물 나는 미국유학기 「가슴이 따뜻한 사람과 만나고 싶다」와 당근 한 뿌리로 끼니를 대신하며 미친 듯이 제주도를 찍은 고 김영갑 작가의 에세이 「섬에 홀려 필름에 미쳐」를 읽으며 '언젠가는 자유로운 영혼이 되리라' 꿈을 키우기도 했다. 그러나 세상살이는 항상 타협의 연속이고 의지만으로 되지 않는 구석이 있어 지금은 가정과 직장의 다람쥐 쳇바퀴 인생을 반복하고 있다. 나는 현재 강의 컨텐츠 기획 및 제작자이다. 유명하거나 강의가 좋은 사람을 섭외해서 강의 기회를 만들고 현장에서 강의를 영상이나 오디오로 제작한다. 신미식 작가와의 만남은 업으로 인해 시작되었다. 마침 신미식 작가의 책을 출판한 회사 사장님과 아는 사이라 사장님께 부탁하여 함께 찾아간 첫 만남에서 인연은 시작되었다. 이런저런 이유로 자주 만나면서 가슴 한구석에 묻어두었던 열정이 되살아나기 시작했다. 그의 과거를 하나하나 알아가면서 늦게 배운 도둑질이 더 무섭다는 것도 알았다. 어렵사리 장만한 카메라에 정작 필름 살 돈이 없어 그냥 빈 셔터만 눌러본 적 있냐는 물음에는 할 말을 잃기도 했다.

지금 그로 인해 가슴 한쪽이 다시 뛰기 시작한다.
이 작은 열매가 언젠가는 만개할 꿈을 향한 출발이 되었으면 한다.
감사하다.

한국의 발견1

다대포의 선박 수리 작업장

부산 다대포 바닷가에서 우연히 만난 장면이다. 선박 수리장에서 용접에 매진하고 있는 모습이다. 역한 냄새와 눈에 좋을 리 없는 불꽃과 하루하루 싸우는 이런 분들이 있어 우리의 경제와 사회는 유지된다고 생각한다. 이분들 모두에게 존경의 박수를 보낸다.

남해군 물건리 방조림

남해군 물건리에 가면 '물고기를 부르는 숲'으로 불리는 기다란 숲이 있다. 300여년 전 바람과 파도를 막고자 만든 길이 1500m의 활엽수림이 지금은 여행객을 불러 모으고 있다.

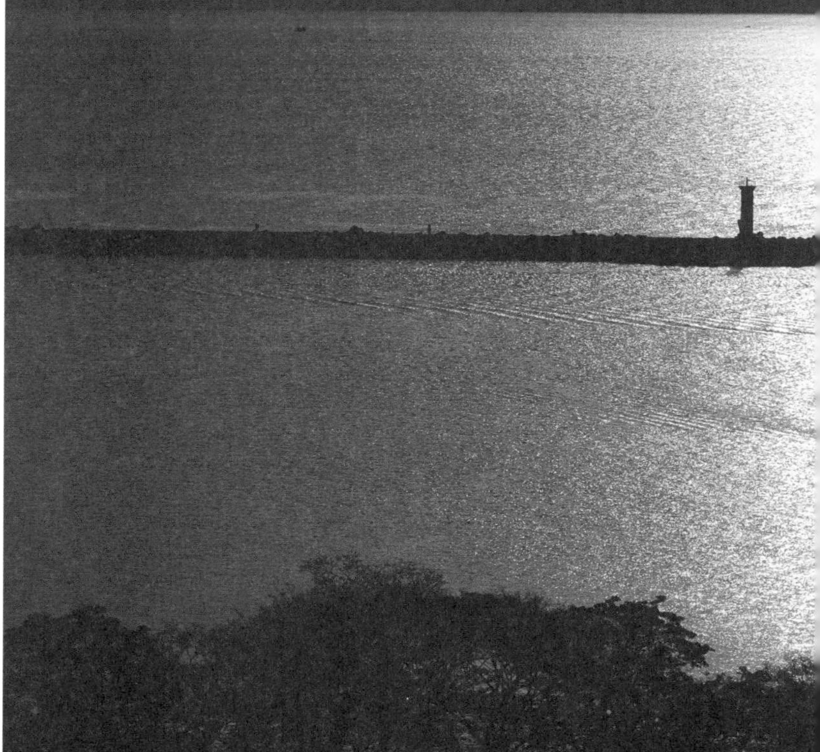

한국의 발견3

통영 중앙시장

흔히 한국의 '나폴리' 라 불리는 통영에 가면 물고기만큼 많은 사람이 붐비는 시장이 있다. 정식 명칭은 활어시장인데 형형색색의 바구니와 그 위에 놓인 물고기, 그 사이로 오가며 흥정을 벌이는 수많은 사람을 볼 수 있다. 주말의 해질녘, 한 주를 마감하고 별미를 찾아 나선 지역주민과 전국의 식객들이 뒤섞인 시장은 분주하다. 남해 바다의 싱싱함을 그대로 옮겨 온 이곳에 가면 펄떡이는 물고기로 인해 입도 즐겁지만 활기찬 삶의 모습이 눈을 더욱 즐겁게 한다.

한국의 발견4

고홍 서쪽 바다

사진은 크게 두 가지로 나누어 생각해 볼 수 있다. 우연히 마주하는 순간을 놓치지 않고 잡아내는 찰나의 사진과 찍을 대상을 미리 머릿속에 그리고 빛의 방향과 상태에 따른 구도를 잡아 기다려서 찍어내는 긴 호흡의 사진도 있다. 이 사진은 고흥군 녹동을 가다가 우연히 마주친 장소에서 해가 구름에 걸리기를 기다려 찍었으니 두 가지 경우가 다 포함된 경우라 할 수 있을 것이다.

한국의 발견5

사천
실안동 해안가

늦가을 쌀쌀한 바람이 부는 저녁 무렵, 삼천포(현재는 사천) 실안해안도로에 가면 굴 따는 작업을 마무리하고 서둘러 바다를 나서는 갯가의 아낙들을 볼 수 있다. 온종일 매서운 바람을 맞으며 하루를 지켜내는 우리 어머니들의 숭고한 삶의 현장이 이곳에 있다.

거제 구영해수욕장과 갈매기

거제의 가장 북쪽에 위치한 구영해수욕장에 갈매기가 요란하다. 어부가 청어떼를 잡고 난 뒤 그물을 손질하며 버린 청어를 먹기 위해 모여든 갈매기로 인해 조용한 바다가 분주해졌다. 나도 몇 마리 주워 구워 먹었다.

고성군과 통영 사이 청정해역

사천에서 통영을 가기 위해 바닷길을 따라가면 청명한 하늘을 닮은 바다를 만나게 된다. 점점이 박혀 있는 부표들과 뗏목, 간간히 지나가는 배들을 보고 있으면 청정해역이란 단어의 느낌이 생생하게 느껴진다. 하늘과 산과 바다가 온통 푸르다.

한국의 발견8

하동의
송림

이른 새벽 숲속에 들어가 본 적이 있는 사람은 안다. 안개 자욱한 숲속의 아침 공기가 얼마나 상쾌한지를… 잠시 후 나무들 사이로 비치는 햇살은 일찍 길을 나선 부지런한 여행객에게 주는 보너스다. 하동에 가면 섬진강가 옆에 자리한 소나무 숲 '송림'에 꼭 한번 들어가 보시라. 먼 길을 온 이들을 실망시키는 일은 없을 것이다.

한국의 발견9 보성 벌교의 목공소

소설 태백산맥의 주요 배경으로 유명한 벌교가 요즈음은 꼬막으로 통한다. 온통 거리가 꼬막 간판을 건 식당으로 넘쳐난다. 가난한 여행객이 저녁 한끼를 해결하기 위해 골목을 어슬렁대다 우연히 눈에 들어온 목공소에서 묘한 기운을 느꼈다. 각종 연장이나 공구들이 어지럽게 널브러져 있는 듯하지만 넓게 보면 아기자기한 구성미가 느껴진다. 늦은 저녁시간 홀로 몰두한 목수의 작업에서 장인의 열정이 느껴진다.

가을걷이가 끝난 11월 중순, 남도에 비가 내리고 있다. 겨울을 나는 나물밭은 마지막 가을비에 더욱 푸르고 할머니 한 분은 바쁜 걸음으로 집에 가고 있다.

한국의 발견11

보성 강골 열화정의 연못

보성군 득량면 강골마을은 옛 모습이 잘 보전되어 있는 전통마을이다. 특히 이 마을 가장 깊은 곳에는 함부로 보여 주기에는 아까운 비경이 있다. 소쇄원보다 더 정갈하고 잘 가꾸어진 정자와 연못으로 이루어진 정원이 있는데 열화정이라고 한다. 특히 열화정 앞에는 기역자로 생긴 연못이 있다. 주위에는 아름드리 솟은 느티나무와 사시사철 푸른 동백나무가 그림자를 드리우며 벗처럼 지내는 연못이 있다.

득량만 간척지 평야의 전봇대

보성 득량만에는 예당벌, 득량벌로 불리는 들판이 있다. 득량만과 둑 하나를 사이에 두고 만들어진 제법 너른 간척지이다. 비가 추적추적 내리는 이른 새벽에 길을 나섰다가 들판 한가운데서 만난 길의 모습이다. 흔히 전봇대는 사진 속에서 대접받지 못하는 존재인데 여기서는 그럭저럭 봐줄 만한 것 같다.

한국의 발견13

보성
득량천

잔뜩 머금은 수분을 한 순간에 빗물로 바꿀 태세를 한 하늘과 그 아래 이미 하늘을 닮은 냇물이 팽팽한 긴장감을 보이고 있다. 그 사이로 앙상하게 느껴지는 전봇대가 스산하다.

장흥 관산들판

장흥의 명산 천관산을 오르려고 아침 일찍 길을 나섰다가 진입로 부근에서 가을걷이를 마친 들판을 만났다. 안개 자욱한 논 위로 햇살이 비치면서 고운 빛깔이 나타나기 시작한다. 수확이 끝난 논은 찾는 이도 없고 볼품도 없지만 안개와 햇살의 도움으로 다시 태어난 것처럼 보인다.

신상희

homepage url : http://heerang.com
http://blog.naver.com/sodas987
e-mail : sodas987@naver.com

prologue

처음이라는 의미로 품었던 설레임과 기대감과
굳은 다짐들은 시간과 함께 서서히 희미해져만 갑니다.

가끔
처음이라는 무수한 상황들을 떠올려보면
희망과 기대, 설레임, 신념, 적당한 긴장감으로
가슴이 벅차오르기도 하고, 시작도 하지 않았는데
뭔가 이룬 듯한 뿌듯함이 느껴지기도 합니다.

혹시
길 옆에 초라하게 핀 작은 꽃을 유심히 바라 본 적이 있나요.
꽃의 시선을 생각하며 그 시선에서 보여지는
모습들에 대해 상상해 본 적이 있는지.
또 그 모습들을 사각의 프레임 속에 담아 본 적은 있는지.

사진에 관한 한 나의 마음은 항상
첫 마음과도 같습니다.
많이 보고 느끼고 감동하며 그것이 진실된 기록들로서
사진 속에 그대로 담겨지길 바라는 마음.
무던히 그 길을 가고 싶은 작은 소망입니다.

그리움의 시간

헤어짐이 만남보다 쉬운 세상에 살고 있나봅니다.
아파서… 그리워서… 헤어지지 못했던 마음보단
시간의 흐름 속에 잊혀짐을 기다리는 마음이
더 편한 세상에 살고 있나봅니다.
그 세상 속에서 가끔은 누군가를 기억하고
그 그리움을 떠올리고 싶고
미소 지을 수 있었으면 합니다.
그래서
나 역시 누군가의 기억에 남고 싶습니다.
지난 시간들 참으로 고마웠던 이들에게
남은 시간들 더 많은 그리움으로 채워졌으면 좋겠습니다.

2010.1.16 안성에서

예슬이와
하랑이

둘은 동갑이다.
남동생의 딸 예슬이와 여동생의 딸 하랑이
겨우 일주일 차이로…

부끄러움이 많은 예슬이는
카메라에 담기가 쉽지 않았다.

둘은 만나면 뭐가 그리 좋은지 얼굴만 봐도 웃고 즐거워하며
자기들만의 예쁜 추억을 만들어 가는 것 같다.
경쟁의식도 강하지만 서로 챙겨주기도 잘하면서
사이좋게 지내는 모습이 사랑스럽기만 하다.
커가면서 쭈~~욱 친구로서도 우정 돈독히 쌓아가길
이모로서 고모로서 바래본다.

또 다른 세계

자신이 아는 이 세계에만 안주하지 않고
경계를 넘어선 자만이 드넓은 세상을 바라볼수 있을 것입니다.
바라보는 시선이 바뀌면 세상은 이미 달라져 있습니다.

2009.5.31

기억의 습작

마음속으로 스러져가는 기억이 다시 찾아와
커버린 미래의 꿈들 속에서 잊혀져 가는
기억이 다시 살아날까 …

2008.7

마주보기 사랑

가슴속의 애틋한 빛을 비춰주는 우리는
서로에게 작은 등불이 됩니다.

2008.9.16

그렇게…

있는 듯 없는 듯
그렇게…
꼭 붙어 다니고 싶은 때가 있다.

있는 듯 없는 듯
그렇게…
조용히 지켜보고 싶은 때가 있다.

2009.9.15 군산 해망동에서

사랑으로 물드는 곳

한번쯤…
그대 마음 흔들어 놓고 떠나가고 싶다.
삶에 .
미련에.
떠나가는 모든 것에 연연하지 않으며
가다가도 그대와 함께 가슴 저리게 흔들리며 지고 싶다.

2007.8 .14 오이도에서

힘겨운 행보

여전히 비틀거리는 힘겨운 행보지만
그래도 꾸준히 나아갈 겁니다.
여기서 멈출 수 없는 이유가
내겐 너무도 많기 때문입니다.

2010.1.16

아버지의 길

이 시대를 사는 모든 아버지의
애환을 보는 듯 무거운 발걸음이다.
아버지는 내게 늘 그 자리에 계신다.
자상한 말 한마디 아니 계셔도
축 늘어진 어깨를 자식들에게 들킬세라
태연한 웃음을 잃지 않고
늘 자리를 채우고 계신다.
아버지…
그 중량감이 없었다면 골백번은 넘게
부초처럼 흔들렸을 아이들 가슴에
쇠말뚝처럼 소리 없이 존재하며
뚜벅뚜벅 한 길로 걸으시는 우리네 아버지의 모습이다.
구름에 달 가듯이 유유자적한 행보가 그리워도
무거운 짐 마다 않으시고 소처럼 느린 걸음 걷는
우리네 아버지의 모습이다.

2008.10.19 동주염전에서

꽃물처럼
그리움이 되더라

사람이 살아가면서
늘 처음 같은 마음으로 살 수는 없으나…
하지만…

그리 살려 애쓰는 마음은 가지고 살아야 되지 않을까.

화무십일홍(花無十日紅)
아무리 뜨거운 사랑도 언젠가 식어
애타게 그리던 모습이 이방인인 듯 생경스러운 날이 오겠으나

하지만 소낙비 한차례 지나고 나면
풀죽은 꽃들이 고운 웃음 되찾듯 다시금 그리워질 마음
고이 간직하며 그렇게 살아야 되지 않을까.

늘 처음 같을 순 없겠지만
늘 처음인 듯 아끼며…

그리워하며…
그렇게…

2009.3.28

뒷모습도
표정이
보인다

뒷모습에도 표정이 보인다.

아이들의 뒷모습이 너무나 해맑다.

무얼 본 것일까?

2009.6.25

DISNEY

내게 준 선물

살다보면 뜻밖의 선물을 받을 때가 있습니다.
길을 걷다 문득 고개를 들었을 때
가슴 가득 들어오던 붉은 노을…
운전하다 하늘을 보았을 때
먹구름 사이로 쏟아지는 신비로운 빛 내림…
이른 아침 들녘을 걷다 마주치는
풀 섶의 영롱한 이슬방울…
숨을 고르고 자연이 내게 준 선물을
온몸으로 느껴봅니다.
사진을 찍기 시작하면서
힘들어 하고 있던 내게
가슴 설레이게 했던 사진 중의 한 장…
이 사진을 찍고서 마냥 흐뭇해하며
밀려오는 감동을 즐겼던 기억이 납니다.

2007.10 보광사에서

꽃잎 인연

한 송이 꽃을 피우기 위해서
온갖 세파를 견뎌내야 했던 시간들을
외면한 채 보이는 것에만 관심들이 많습니다.

그토록 예쁜 꽃을 피우며
세상 사람들에게 즐거움과 행복감을 선물하지만…
말하고 싶은 사연들이 얼마나 많겠습니까.

드러나지 않는 인고의 세월을
무언으로 대신하며
묵묵히 세월을 안고 가는
그 모습이 아름답습니다.

2009.7.20 관곡지에서

행복의 자리

그냥 느끼는 만큼 행복하고 싶습니다.
코끝으로 전해지는 바람조차
행복으로 느끼고 싶은 바램으로…

안정훈

http://blog.naver.com/sneakerx
e-mail : sneakerx @naver.com

prologue

나는 백정이다.

매일매일 손님을 맞으며 고기를 썰어 파는 …

가게에 붙어 있는 작은방 하나.

그 작은 공간에서 다섯 식구가 일상을 보낸다.

옷을 입고, 밥을 먹고, 휴식을 취하고,

아이들의 친구가 놀러오면 놀이방이 되고.

피곤에 지친 몸이 등을 대고 단잠을 이룰 수 있는 그런 공간이다.

반복되는 무료한 일상 속에서

사진은 잠자고 있던 나의 감성을 깨웠다.

카메라 속 뷰파인더는 새로운 세상을 보여 주었고

눈으로가 아닌 마음으로 세상을 바라보는 방법을 알려 주었다.

무심히 스쳐 보낼 법한 시선에서

가르침을 얻고, 연민을 느끼고, 사랑을 찾고, 행복을 만들었다.

지금부터 작가도 아닌 한낮 장사꾼의 시선으로 일상을 이야기하려 한다.

그 일상속에는 나의 모든 것이 담겨 있다.

지극히 평범한 이가 세상을 바라보고 마음에 담은 이야기이다.

그 이야기는 나의 삶이며 우리들의 삶일 것이다.

촌부1

칼바람이 불어온다.

멀리 위험스레 도로를 걷고 있는 한 노파가 있다.

다가오는 자동차를 피해가며 한참을 걷는다.

매서운 바람에 서 있기조차 힘든 이 계절에

무엇을 위해 괭이 한 자루 손에 쥐고

어디로 향하는 것일까?

촌부2

그 손과 발은
묵묵히
삶의 방법을 가르쳐 주었다.
훗날
나의 수족도 그와 닮길 소망한다.

존재

살다보면 존재만으로
가르침을 주는 인연을 만나게 될 때가 있다.
말없이 다가와 서있는 존재를 느끼고
가르침을 찾아내는 것은
그 어떠한 지식보다
소중하고 가치가 있을 것이다.
언젠가 나에게도
그러한 존재가 다가와 있었다.
비록 구매자와 판매자의 관계로 만났지만
짧은 만남 속에서
늘 세월을 배우고 삶의 도리를 배웠다.
점점 야위어 가는 모습에 가슴이 저려온다.

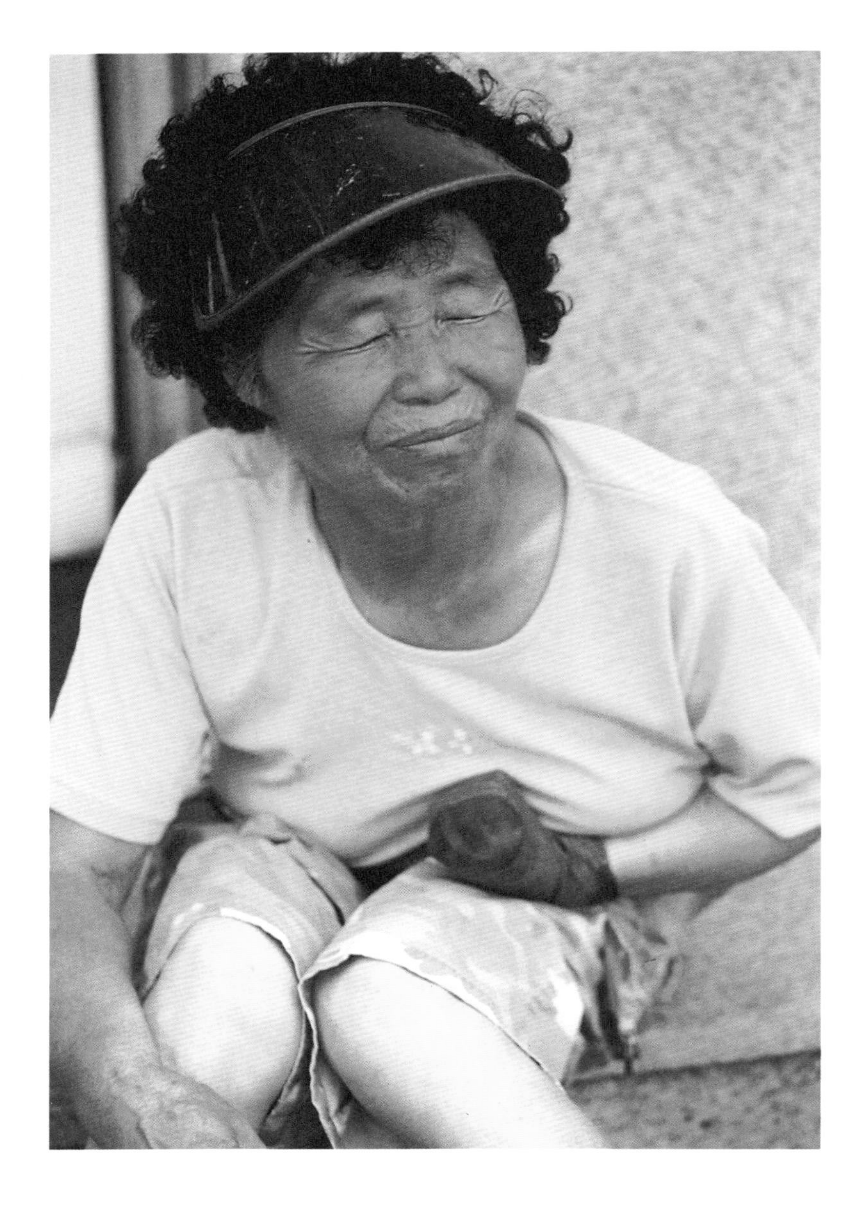

알사탕

지나는 길이면 늘 알사탕 하나를 챙겨 주시는 할머니

할머니에게서 삶의 달콤함을 선물 받는다.

행복을 튀깁니다

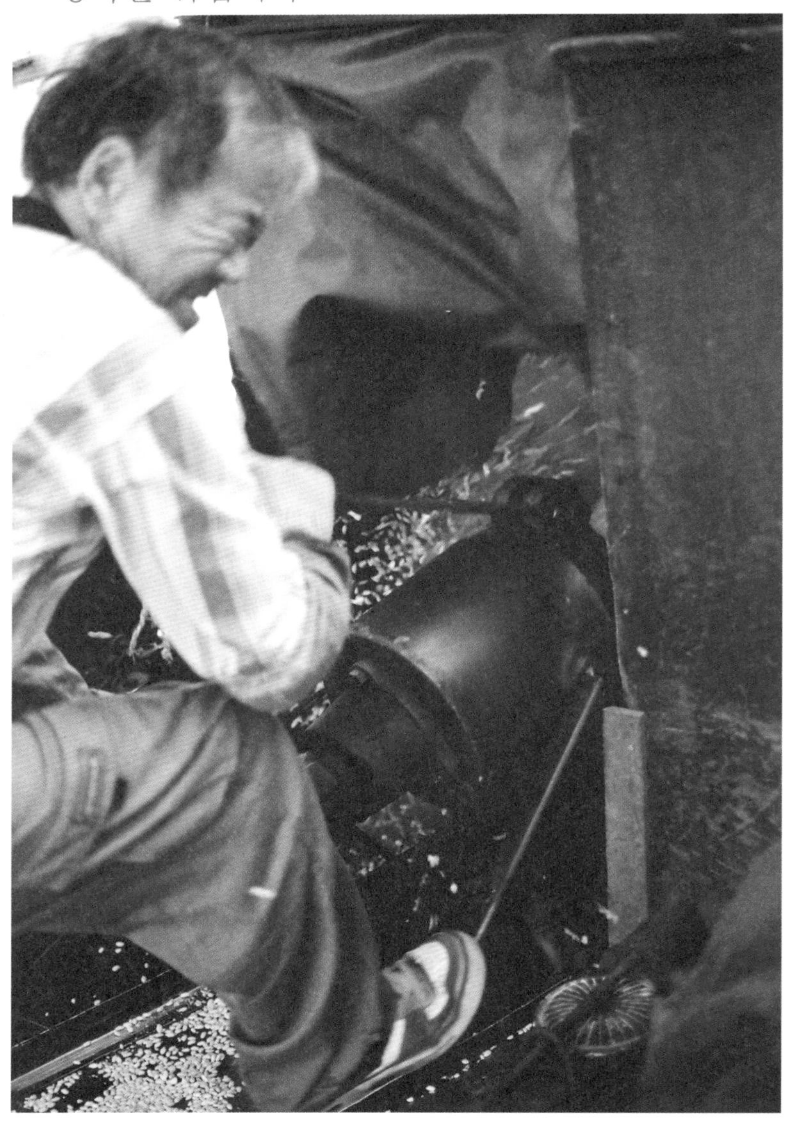

아주 어릴 적 어느 해 겨울 첫눈이 오던 날인 것 같다.
할머니가 조그마한 다락방에 올라가시더니
틈틈이 말려두신 누룽지와 편으로 썬 가래떡을 내오신다.
그러곤 동네 가운데 그다지 넓지 않은 공터 쪽으로 걸어가신다.
쫄래쫄래 따라간 곳에는
하얀 연기 구름과 코 안 가득퍼지는 고소한 향내.
뻥이요!
갑자기 뻥소리에 깜짝 놀라 할머니 바지 옷자락을 움켜쥔다.
하얗게 퍼지는 연기와 앙증맞게 내려오는 첫눈 그리고,
가슴 가득 들어오는 참기름과는 비교도 되지 않는 고소한 향내는
30년이 지난 지금도 코끝을 간질인다.
뻥튀기 아저씨의 손때가 묻어 있는 손잡이는 작은 전기모터가,
작은 깡통에 나무조각을 넣어 불을 지피던 화로는 버너가 대신하고 있지만
내 가슴속 깊이 들어와 있는 그 향내만큼은 그대로였다.

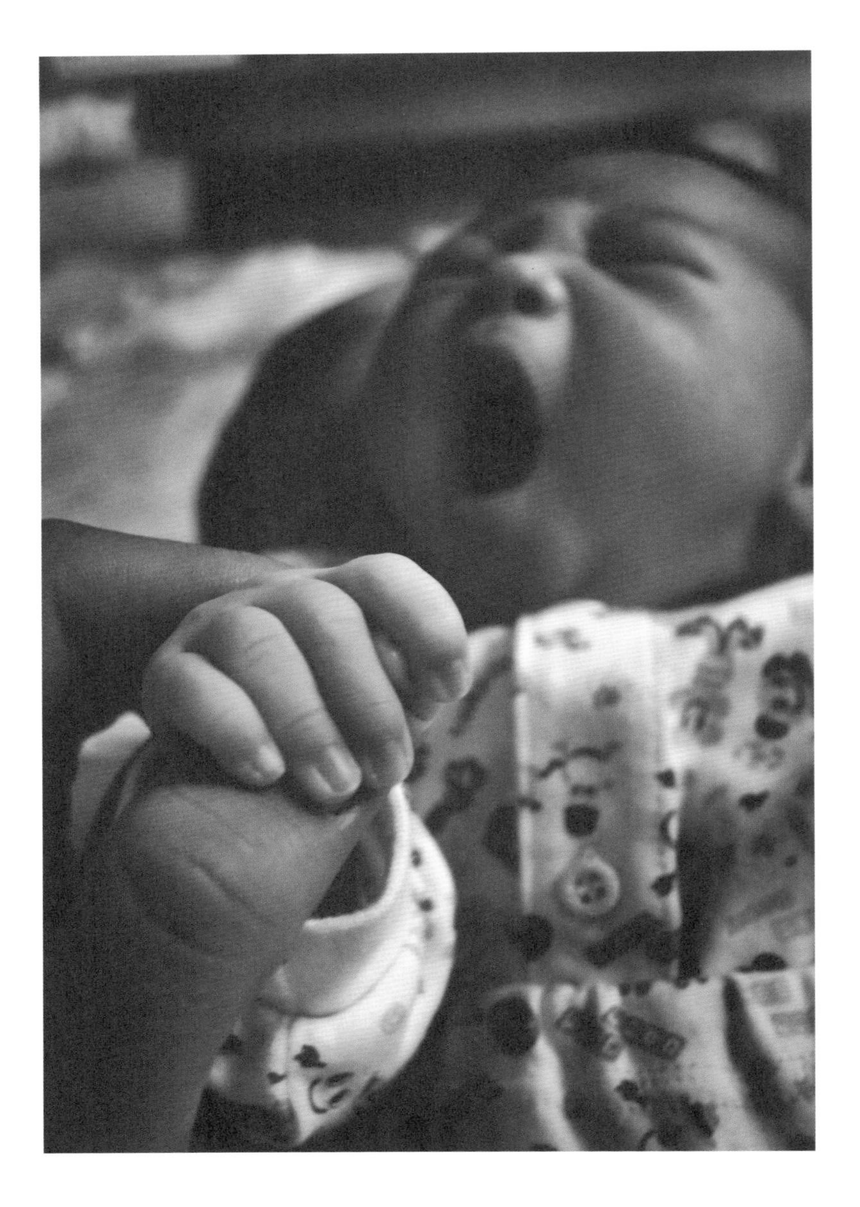

세 번째
인연

"여보 셋째 가진 것 같아".
아내의 안색에서 걱정이 전해졌다.
나 또한 환희보단 걱정이 앞서고 있었다.
변변치 못한 살림에 하나의 아이를 더 갖는다는 것은
많은 용기가 필요했다.
집안 어른들도 축하보다는 걱정을 먼저 하셨다.
뱃속의 아이가 커갈수록 처음에 가졌던
근심 걱정은 점점 사라져 갔고
아이가 태어나면서 언제 그랬냐는 듯
가족도 축복을 함께 해 주셨다.
지금은 집안 어른들의 귀여움을 독차지하고 있다.
이 아이.
매일매일 가족에게 웃음의 명약을 처방해 주고 있다.

그 인연에 감사하고 또 감사한다.

친구

보고만 있어도 그냥 좋다.
아무 이유 없이 그냥 좋다.
그래서
우린 친구다.

뷰파인더 속
세상 이야기

뷰파인더 속 세상은 또 다른 세상으로 다가온다.
왜곡되는 면도 있지만 사랑스런 왜곡이다.
아름다운 세상을 더 아름답게 그려주고 슬픈 세상을 더 슬프게 이야기한다.
행복을 간직할 수도 있으며 미처 느끼지 못했던 감성을 찾아 줄 때도 있다.
나에게 사진은 메마른 나의 삶에 단비와 같다고 할까.
무미건조할 법한 나의 감성을 촉촉히 적셔주는
평생을 함께 하고픈 지우(知友) 같은 존재이다.

행복은 사소함에서 찾아온다

일요일 아침 아내와 딸아이가 목욕탕에 갔다.
매장을 비울 수 없어 교대로 대사를 치른다.
아들 녀석이 갑자기 핸드폰을 뺏더니 엄마에게 전화를 한다.
"엄마 잘 갔다 와요" 별 말 없이 끊는다.
'이 짜식 핸폰 요금은 꽁짠 줄 아나.'
끊자마자 한참을 심각한 표정으로 뭔가를 눌러댄다.
'이 짜식 인터넷하는 거 아냐' 내심 걱정이다.
너무 심각해 뺏지도 못하겠다.
갑자기 입가에 번지는 미소 '뭐야.'
"짜잔 … 아빠 봐요."
뷰파인더 속에 "아빠 사랑해요"가 선명하게 보인다.
내 몸속에 알 수 없는 호르몬 수치가 증가함을 느낀다.
진한 감동의 순간이다.
아주 작은 사소함이었지만
그 행복감은 몇 년이 지난 지금에도 다시 찾아온다.

오래된 사진 두장

사진집을 준비하면서 어느덧 옛 기억을 꺼내어 그 기억 속에 서 있을 때가 있다.
10년이라는 세월이 무색할 정도로 생생한 기억들도 있고
그때의 감정이 고스란히 전해져 가슴이 저려올 때도 있다.
그날이었을 것이다.
생활고에 쫓겨 새벽일을 해야 했을 때 새벽 찬바람을 가르며 달리고
매일 63빌딩 높이를 뛰어 올라야 했다.
5층짜리 아파트들은 모두 나의 차지였다.
신문 배달을 위해 성당으로 들어설 때였다.
하얗게 쌓인 눈 위에 엎드려 오열하는 여인이 있었다.
어찌나 슬피 울던지 신문을 손에 쥔 채 한참을 서 있었다.
무엇 때문일까?
그녀는 무엇 때문에 그곳에서 그리도 오열한 것일까?
오토바이를 타고 달리는 내내 머릿속을 떠나지 않았다.
순간 몇 일 전 있었던 일이 생각났다.
아파트 7층에서 떨어져 숨을 거둔 꼬마아이, 그 아이의 엄마일까?
가슴이 답답해지며 앞이 흐릿해져 더 달릴 수 없었다.
나의 아이가 그랬다면, 자식을 먼저 보내야 하는 부모의 심정이.
그 고통이 전해지고 있었다.
마음은 쉽게 가라앉지 않았다.
생활고에 늘 불평을 토하던 난 참으로 어리석고 창피하다는 생각이 들었다.
가장 가벼운 고통은 경제적인 고통이라는 것을 그제야 깨달았다.
이후 성모마리아상을 지날 때면 나도 모르게 기도하고 있었다.
그녀를 위해 그리고
지금의 내 자신이 얼마나 행복한 것임을 깨닫게 해 준 감사함에.
그리고 오랜 세월이 지난 지금 이 두 장의 사진은 다시 기도하게 한다.
내가 지나온 길에 감사하며 그 길이 있었기에 지금의 내가 있고
지금의 내가 있기에 앞으로의 내가 있을 것이라고.

거목에게 길을 묻다

참으로 힘겹게 여기까지 왔다.
젊은 혈기의 무모한 도전, 그리고 실패.
아무것도 없이 맨주먹으로 다시 길을 걷기 시작했다.
나의 몸과 정신은 혹독한 매질에 단련되기 시작했다.
그 매질은 나의 길을 가로막는 모든 시련을
비웃고 지나 갈 수 있는 여유를 주었고
어떤 일이든 밀고 나갈 수 있는 끈기를 주었다.
나의 백정 생활은 그 매질에서 비롯된 것이었다.
지금 난 이 길에 서 있다.
저 언덕 너머 무엇이 있는지 알 수 없는 이 길에.
거목에게 묻는다.
난 어디로 가야하느냐고.
거목은 묵묵히 답한다.
수 십 년간 이곳에 서 있었노라고.
나의 삶은 ing 이다.
저 언덕 뒤에 무엇이 있는지 모르듯
나의 미래가 어떠한 모습으로 그려질지 모른다.
그 미래을 위해 난 저 거목처럼 나에게 주어진
이 길을 묵묵히 걸어가려 한다.

황혼(黃昏)

황혼이 깃들 무렵 석양을 향해 카메라를 든다.
예기치 못한 인물의 등장…
의식과는 전혀 상관없이 셔터는 눌리어졌다.

사진은

가끔 의도와는 전혀 다른 모습으로
나의 마음을 사로잡는다.

새벽

이른 새벽 길을 나선다.
가슴을 크게 펴고 주위의 모든 공기를 끌어 모아
내 안에 가득 채운다.
온몸 구석구석 신선함이 전해진다.
풍요로운 전원을 함께 느껴 보실래요?

숲

눈을 감아보세요.
그리고
양팔을 넓게 펴고
가만히 가만히 느낌이 가는 대로 흔들어 보세요.

느껴지나요?
나뭇가지 사이로 스며들어
손가락 마디마디 스쳐지나가는
바람의 신선함이.

들리나요?
앙증맞게 귓가를 간질이는
이름 모를 산새들의 가락이
바스락바스락
낙엽 밟히는 소리가.

그 순간 난 오케스트라의
지휘자입니다.

비와 구름 그리고 빛

그해 여름

며칠간 지독히도 퍼붓던 비가 잠시 멈출 무렵 강가에 서다.

구름 사이로 빛이 들어오는 순간

그 풍광은 나의 모든 기관을 마비시켰다.

안혜정

http://blog.naver.com/ahj0413
e-mail : ahj0413@naver.com

prologue

사진을 사랑하는 사람에게선 향기가 난다.
그 사람만의 진한 향기는 바람을 타고 흘러 세상을 정화시키기도 한다.
내가 만난 안혜정은 그렇게 사진을 사랑하는 사람이다.
그리고 그 사진에는 중독성이 있는데 아름다운 중독성이다.
세상을 보는 시선이 투명하고 아름답고 섬세하다.
아침이슬처럼 투명하고 고운 사진과 글은 분명 감동이다.
사진은 그 사람의 모습을 그대로 보여준다고 한다.
본인과 너무나 닮은 사진 속에서 세상을 바라보는 마음이 느껴진다.
언제나 따뜻하고 포근한, 그러면서도 감성을 매만지는…
지금까지 사진에 대한 소중한 열정으로 세상을 밝혀왔던 것처럼
우리 앞에 건강한 모습으로 돌아오길 기도한다.

- 신미식이 안혜정을 말하다.

그렇게

그대 바다로 향해 나선 발걸음이 영영 떠남이 아니라 믿기에
지금 이 자리 지키고 있을 난 기다리는 것이 아니라 생각할래요.

그대 빈자리 비움의 고요함을 함께 하고 있을 뿐이라고

그렇게…
그렇게…

믿으며 머어언 수평선 넘어 노을을 즐기고 있으렵니다.

2009년 그 햇살 따스함을 안은 바람이
내 옷깃 속을 여미고 들어올 땐
찬 겨울바람이었던 어느 봄날 오후…

분명…

넌 내 앞에 서있는데…

아무리 눈을 비비고 동그랗게 동공을 열어보아도
방울방울 선명한 빗물뿐.

한 번 더 두 눈을 크게 뜨고 너를 찾아보았지만
크게 뜬 눈앞은 안개만이 가득~

주루룩 주루룩 눈물뿐.

Photograph is a language

세탁

어느 작은 골목을 지나다 마주친 세탁소 풍경.

말없이 열심히 일하시는 아저씨에게 살며시 귓속말을 하고 싶어진다.
아저씨~ 저의 40년 시간도 맡기고 싶습니다.

더러워진 거 깨끗이 씻어주시고 너덜너덜 헤지고 떨어진 곳
꿰매어 주시고, 새것처럼은 아니겠지만 깔끔하게 깨끗하게 탈탈 털어
따스한 햇살에 뽀송뽀송 말려서
베일듯한 칼주름은 아니더라도 반듯하게 다려주시면 안될까요?
왠지 아저씨의 답이 들리는 듯하다.
그런 세탁을 정말 잘하는 사람 알고 있다고…

그 사람은
바로 당신 자신이라고…

가을빛 마중

어느 시인은 가을빛을
낡은 만년필에 흘러 나오는 잉크보다
진한 사랑을 노래하고프다고 했단다.
그의 가을빛은 사랑으로 따스함으로 다가갔던 모양이다.
오늘 내가 마중하고 온 가을빛은 따스함보다
서늘함으로 온 마음을 휘젓고 다닌다.
지금 이 순간까지…

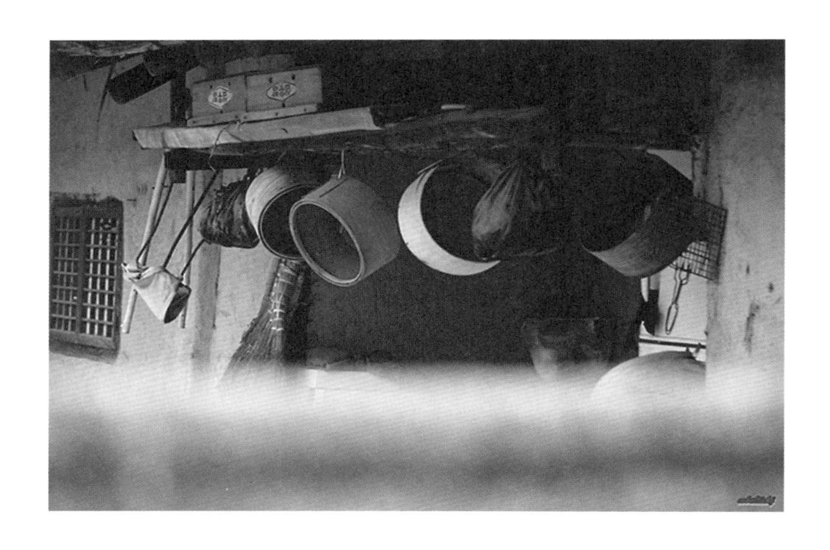

엄마 생각

낯선 마을 모르는 집 담장너머에 어린 시절 엄마의 흔적을 보았다.
20년? 아니 근 30년인가? (후~~정말 많이 거슬러 올라가야
나의 어릴 적 시절이 오는구나…)

뒤뜰로 부엌문 처마 끝에 대롱대롱 달려있던
엄마의 손때가 가득 묻어있던 물건들…

그거 갖다버리고 예쁜 색의 플라스틱으로 바꾸자던 내 말에
"가시나 돈도 많다~!"라는 한마디로 일축하시던 모습이
눈앞에 희뿌연 안개를 만들며 뇌리를 스쳤다.

보고 싶다.
불러보고 싶다.
"엄마~"
꼬옥 잡고 싶다.
꺼칠꺼칠 굵은 마디의 거친 손.

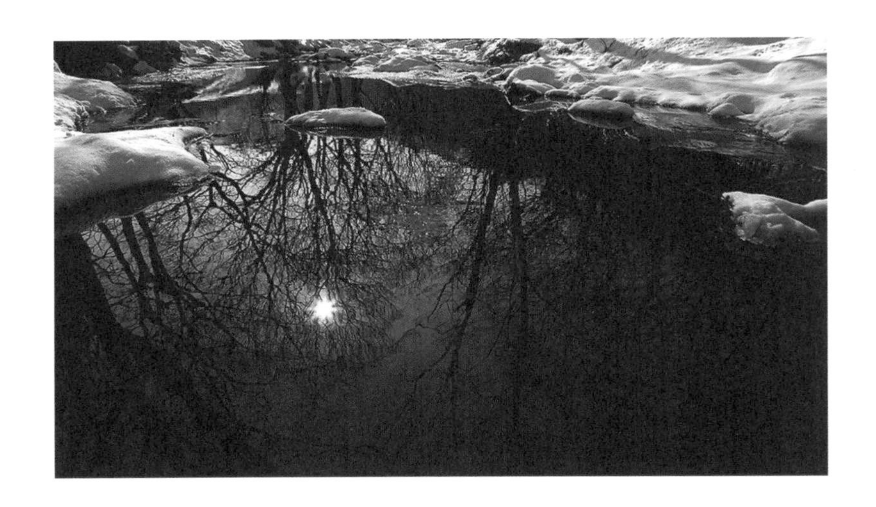

이날
내가 만난

도솔천은 새하얀 눈만큼이나 깨끗하고 명경알 같은 맑음으로
차디찬 겨울 하늘을 봄 하늘 마냥 따스하게 비춰줬다.

나의 일상에도 이날 도솔천 같은 차디찬 현실을
따스하게 바꿔 보이게 했으면 하는 바람을
간절히 기원해 본다.

정지
STOP

일단 정지

자기 통제를 하는 뇌에는 원시안적으로 계획하고 생각하는 자아와
근시안적인 행동하는 자아가 있다고 한다.
두뇌의 일부는 유혹에 넘어가지만
나머지 부분은 그 유혹에 대응하는 방법을 평가함으로써
유혹을 거부할 수 있도록 설정되어 있다고 한다.

이따금씩 이 두 부분은 심각한 대결을 벌이기도 한다는데
지금 내가 그런 유형의 대결을 하고 있는 듯하다.
그래서 잠시 정지표시판을 내걸어 본다.
계획하는 자아가 행동하는 자아를 통제할 수 있기를 간절히 바라며…

짧은
여정 속에서
만난

기차 창밖으로 스치는 산과 들의 초록 잎의 싱그러움보다
봄을 일구는 그들의 모습이 내 마음속에 깊이 남아있다.

난,

이제…

나의 봄을 기다리고만 있지는 않으리라 다짐해 본다.

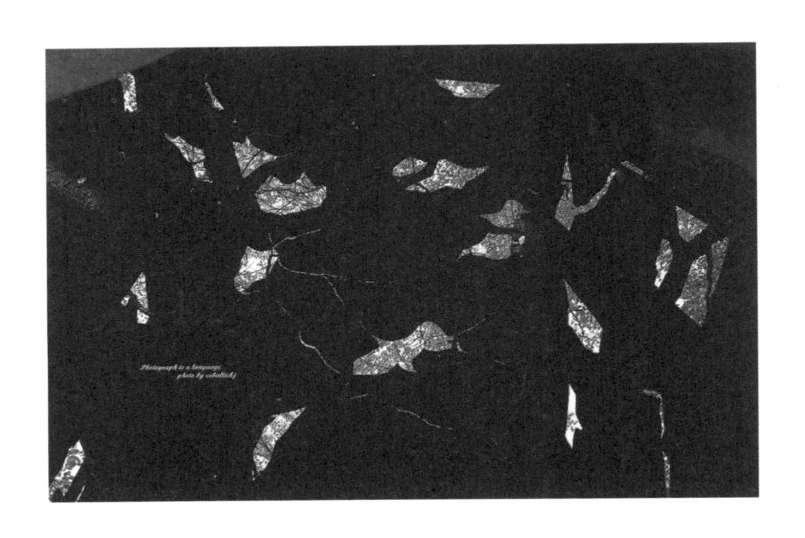
Photograph is a language

가을은…

이러했다.

울긋불긋 물든 단풍은 군데군데.
온 하늘이 단풍으로 파란 하늘로 가득차지 못하고…
어두운 일상에 무늬처럼 그러했다.

내게 온 2009년 가을은…

염관식

http://blog.naver.com/yeom0601
e-mail : yeom0601@naver.com

prologue

나는 사진을 잘 찍지 못한다.
제대로 배워 본 적도 없다.
하지만 시간과 여건이 허락하는 대로 여행을 하고
많은 사진을 찍는다.
스쳐지나는 것들을 다시는 못 만날 수 있다는 생각에
순간의 풍경을 다시 볼 수 있을까 하는 생각에
난 오늘도 사진을 찍는다.
사진을 통해 세상을 바라보게 되었다.
사진을 통해 더 많은 세상을 보고 느낄 수 있었다.
사진을 통해 사물에 대한 깊은 고찰이 가능해졌다.
사진을 통해 세상을 새로운 눈으로 바라볼 수 있었다.
내가 카메라를 들고 길을 나서는 이유는
'세상에 대한 나의 관심 때문이다.'
사진에는
사진을 담는 사람의 생각과
철학과 관점이 내재되어 있다.
피사체에 대한 끊임없는 탐구와 애정과
의미부여를 통해 의도한 사진을 담아내고,
감동을 주는 사진을 담기 위해 노력한다.
아직은 많이 부족한 실력이지만
'감동이 있는 사진' 을 담기 위한
나의 노력은 계속될 것이다.

내마음의 섬

섬 사이로 달이 뜬다 해서 붙여진 이름 '간월암'.
무학대사가 달을 보고 홀연히 도를 깨우쳤다는 암자이다.

바다 한가운데 동그마니 떠있는 암자는
닮고 싶은 내 모습이다.

바닷물이 쉴 새 없이 들락거리고 바위를 간질여도
암자는 늘 고요 속에서 침묵한다.
靜 · 中 · 動

저 섬처럼 고요해지고 싶다.
저 섬처럼 단순해지고 싶다.
고요하고 단순한 가슴.
그것이 내가 가지고 싶은 내 모습이다.

그리하여 사랑이 내게 와서
갯배를 타고 가듯 살며시 떠날 때
그저 묵묵히 미소로 보내고 싶다.

간월암은 내게 이렇게 말한다.
그저 덜 생각하고, 덜 예민하고, 덜 논리적으로 살라고.
가슴으로 살아갈 때 나의 인생은 더욱 풍요로워질 거라고.

조건 없는 사랑

말없이 아이를 바라보는 아빠의 따뜻한 눈빛과
그 품에서 한없이 행복하게 웃고 있는 아이.

아빠의 두 팔은
거친 세상으로부터 아이를 지켜주는
무조건적인 헌신과 사랑이다.

자식은 부모가 지은 빛과
그 그림자로 지은 작은 우주.

조건 없는 사랑은 우리를 자유롭게 하고
믿어주는 사랑은 우리를 뒤돌아보게 한다.
삐뚤삐뚤한 인생의 행로 한가운데서.

대관령 폭설

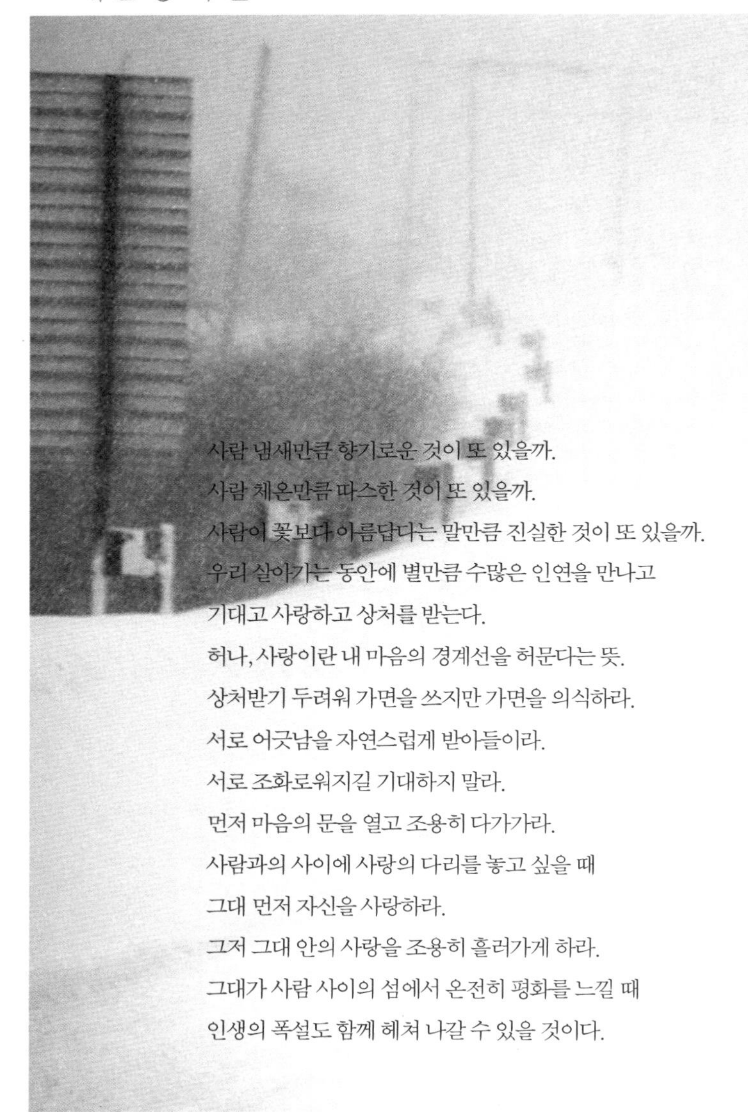

사람 냄새만큼 향기로운 것이 또 있을까.
사람 체온만큼 따스한 것이 또 있을까.
사람이 꽃보다 아름답다는 말만큼 진실한 것이 또 있을까.
우리 살아가는 동안에 별만큼 수많은 인연을 만나고
기대고 사랑하고 상처를 받는다.
허나, 사랑이란 내 마음의 경계선을 허문다는 뜻.
상처받기 두려워 가면을 쓰지만 가면을 의식하라.
서로 어긋남을 자연스럽게 받아들이라.
서로 조화로워지길 기대하지 말라.
먼저 마음의 문을 열고 조용히 다가가라.
사람과의 사이에 사랑의 다리를 놓고 싶을 때
그대 먼저 자신을 사랑하라.
그저 그대 안의 사랑을 조용히 흘러가게 하라.
그대가 사람 사이의 섬에서 온전히 평화를 느낄 때
인생의 폭설도 함께 헤쳐 나갈 수 있을 것이다.

나만을 위한 풍경

우린 얼마나 많은 것을 놓치며 살아가는 것일까.
부질없는 세상사에 방전된 영혼
뿌리를 알 수 없는 공허감에 잠 못 이룰 때
겨울 숲으로 떠나보자.

그곳에서 오롯이 나만을 위해
커다란 세상 액자에 담긴 풍경을
선물해주는 자연을 만난다.

겨울나무는 결코 흔들리지 않는다.
산다는 일이 비록 비루하고
우주 속의 티끌처럼 느껴질 때도.

겨울나무는 그렇게 깊은 숨을 쉬며
행복해질 거야, 문제없어, 다 잘될 거야
나를 다독거려준다.

그래서 누구도 겨울나무를
죽은 나무라 하지 않는다.

그저
흐르게 하라

마음은 털바지의 도깨비풀.
어디에든 달라붙어 떨어지지 않는다.

집착은 영혼을 쉬지 못하게 한다.
매달리고자 하는 마음이
얼마나 소중한 것들을 놓치게 만들었을까.
원하면 원할수록 더욱 배가 고픈 것.

그저 마음을 흐르게 하라.
추억도 사랑도 그저 제 몸속 깊이 묻고서
허허 웃을 수 있어야 한다.
무심하게 흐르는 저 물처럼.

가는 인연 오는 인연에 마음을 매달지 않을 때
평화가 긴 겨울 끝의 봄날처럼 스며듦을 느끼리라.

어느 단풍잎의 사랑

사랑이라 생각했던 것들이 사랑이 아니었다.
길고 추웠던 내 지난 사랑의 끝에서
나 이제 지나간 옛 추억의 그림자에게 안녕을 고한다.

영혼을 매달고 끝내 놓지 못했던 마음
이제 스르르 놓고서
바람처럼 떠돌다가
새로운 사랑을 만났다.

그림자처럼 그렇게 묵묵히 찾아온 사랑
고요한 침묵 속에 지켜봐 주는 사랑

나 그대 그림자 위에 꽃으로 피어나고 싶다.

바람의 무늬

정처 없는 마음이 바람에 펄럭일 때
바람 부는 언덕으로 나갔다.

바람은 세상의 모든 것들을 흔들지만
흔적 없는 무늬만 남기고 사라질 뿐이다.

나는 언덕 한가운데서 온몸으로 바람을 맞으며
바람의 무늬처럼 그렇게 자유롭게 흘러가고 싶다고
언제나 일정한 마음의 온도로 살아가고 싶다고
혼자 생각해본다.

동행

그렇게 우린 만났다.
서로의 가슴을 향해 난 길을 걸어.

출렁이는 슬픔을 다독거리며
야윈 어깨 살포시 안아주며
다시는 아픈 이별은 하지 말자고.

짧은 한세상 여행처럼 왔다
소풍처럼 가볍게 떠나가자고.
뼈가 아프도록 주어진 삶
힘껏 껴안아 보자고.

대나무숲 푸른 바람이 사각거리며
우리에게 축복을 보낸다.

소망하기 Carpe Diem

겨울바다에 섰다.
붉은 바다 위로 새해 첫날의 태양이 떠오를 때
거친 파도처럼 나의 심장도 뜨겁게 뛰고 있었다.
나는 무엇을 소망하였던가.

인생은 한판 게임이라고
아무도 내일을 모른다고
carpe diem…
오늘을 맘껏 즐기며 살라고
그대에게 주어진 시간은 그리 많지 않다고.

그날 바다가 내게 속삭였던
그 말을 사람들은 들었을까.
그들은 무엇을 소망하였을까?

carpe diem…

구름 속 산책

오늘은 하늘을 걸어 본다.

땅만 바라보며 땅위에서 살아서인지
하늘을 바라보는 것조차 힘겹고 어렵다.

땅에서의 삶이 너무 익숙해서인지
꿈은 이루어지기 어렵다는 현실감 때문인지.

"우리들의 넓디넓은 가슴은
하늘도 품고 또 남으리"
라며 외쳤던 노래가사도 가물거리는 추억이 되었다.

현실이 날 부끄럽고 자신 없게 만들지언정
마음만은 '하늘만큼 넓은 가슴을 가졌다'고 노래해 본다.

오늘은 하늘을 걸어 본다.
너에게 한걸음 더 다가가 본다.

격랑

시린 바다
부서지는 파도를 망연히 서서 보았다.
파도 끝에 부서지는 투명한 포말
저 멀리 보이는 아득한 수평선
그 먼 곳으로부터 끝없이 밀려오는
아련한 소망과 추억, 동경과 슬픔.
가슴을 헤집고 들어와
나를 깨운 파란 그리움이
바다 물안개처럼 피어오른다.

노을

사람 사이로 노을이 진다.

노을은 늘 그렇게
따스한 온기로 등을 어루만져준다.

오늘 하루 열심히 달려온 그대
이제 날개를 접고 편히 쉬라고.
혹 삶이 그대를 속일지라도
내일은 또 다시 내일의 해가 뜰 거라고.

느릿하게 산 너머로 지는 노을은
우리를 향해
늘 새로우라고, 다시 시작하라고
그렇게 세상이라는 사막을
건너는 법을 속삭여준다.

가을은 시와 같다

비구니 스님의 바랑에는 무엇이 들어 있을까.

가을 속으로 걸어가는 뒷모습은
한 편의 시 혹은 한 점의 수묵화.

젊은 날 가득 찬 욕망의 티끌을 털어내고
이제 바랑에 가득 채운 무념무상의 경지.

스스로를 묶은 밧줄을 잘라내며
많은 유혹에서 자유로워지기까지
얼마나 많은 시간을 자신과 싸웠을까.

욕망의 두터운 껍질을 벗어던지고
아름다운 나비로 환생한 비구니의 비상.

그래서 저렇게 말간 아름다움을 지녔나 보다.
뒷모습에서도 좋은 향기가 난다.

삶의 무게

세상 모든 어머니의 뒷모습에선
쓸쓸한 바람소리가 난다.

자식 위해 내주고 또 내주어
이제는 껍질만 남긴 연어처럼
어머니의 굽은 등은
삶의 무게를 묵묵히 견딘
순례자의 삶을 말해준다.

저 어머니에게도 한때 봄날처럼
풋풋한 사랑이 있었으리라.
그 누군가를 뜨겁게 사랑하고
이별하고 그리워하고 아파하고
풀꽃반지 낀 손가락 들어보며
못내 행복해하던 그런 젊은 날이.

백일몽은 아득히 사라졌어도
야윈 삶은 팍팍해도

그대의 인생은 아름다웠다.

옥인교

http://blog.naver.com/birudiva
e-mail : birudiva@naver.com

prologue

오랫동안 동경했던 작업을 시작하면서 많이 부족한 나를 느꼈다. 사진을 좋아하고, 여행을 좋아하고, 글을 좋아하고, 남들과 크게 다르지 않은 나여서… 어쩌면 더 부족했기에 이런 기회를 갖게 된 것이 큰 행운이라고 여겨진다.
이번 책에 함께 한 분들의 열정과 정성에 감탄을 하였고 이는 나를 자극하는 계기가 되기도 했다. 개인적으로 어려움이 많았던 시기여서 더더욱 의미 있는 작업이기도 했다. 내가 찍은 사진과 글이 책으로 완성되어 세상에 나온다는 것. 꿈꾸던 한 가지 소원을 이렇게 이루게 됨이 감사하다. 누구보다 이번의 책은 엄마에게 바치는 나의 마음이라고 표현하고 싶다. 6개월째 답답한 병원에서 바깥 세상과 소통하는 것이라고는 작은 창과 리모콘 경쟁이 치열한 TV와 책밖에 없는 지루한 일상을 반복하는 그녀에게 무뚝뚝한 당신의 딸이 주는 작은 선물이다.
이제껏 살가운 딸이 되어주지 못해서, 훌륭한 딸이 되어주지 못해서 죄송한 마음을 담았다. 책 읽는 것을 즐기는 그녀라서 감사하다. 지면을 통해서라도 그녀에게 마음을 표현하고 싶었다. 사랑한다고. 이렇게 곁에 있어 주는 것만으로도 감사하다고. 앞으로도 오래오래 엄마의 웃는 모습을 보았으면 한다고 전하고 싶다.
신미식 작가를 만난 건 나에게 있어 정말 특별한 사건이었다. 온몸에 전율을 느끼게하는 그의 사진을 두 눈에 담았던 그 순간의 느낌이 아직도 생생하다. 그의 사진에의 끌림을 참지 못해 그가 머물던 양수리를 방문했을 때 셔터를 누르던 섬세한 손으로 끓여 준 팥죽 한 그릇… 그 달콤함이 너무 강렬해 아직도 그의 팬으로 남아 있는지도 모르겠다. 그를 만나고 나서 어쩌면 인생에서 하나의 전환점을 맞이한 것 같다. 닮고 싶은 삶, 닮고 싶은 영혼이 생겼다는것… 그래서 늘 그가 감사하다.
마지막으로 사랑하는 나의 가족과 예쁜 조카들, 소중한 친구, 특히 영진, 희정, 지혜 언니, 남희 언니, OMER, INCI 그리고 함께 참여한 작가님들과 블로그 이웃들께 감사의 말을 전하고 싶다.

Best Friend

그냥 존재만으로 힘이 되는 사람이 있습니다.

세상 어디에 있던지 무엇을 하던지 내 편이 되어 줄 사람이 있습니다.

말하지 않아도 내 마음을 읽어 내리는 사람이 있습니다.

힘들다 말하면 당장이라도 손잡아 줄 사람이 있습니다.

내 눈빛만 보고도 구슬 같은 눈물을 흘려 줄 사람이 있습니다.

나는 그런 그녀가 늘 마음 깊은 곳으로부터 고맙습니다.

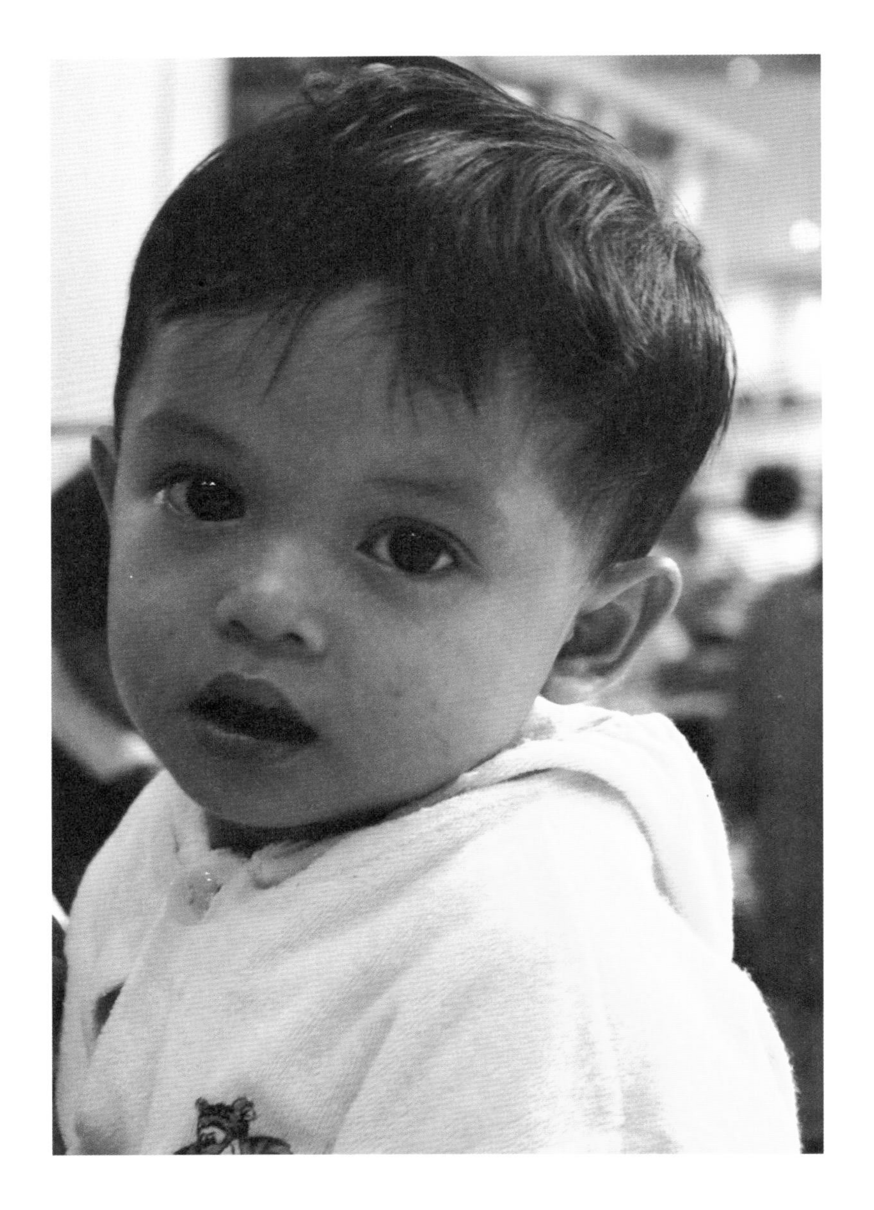

나와
닮은 아이

입술과 손톱이 파리한 아이는 선천적으로 병을 가지고 있었다. 판막이 망가져 피가 역류하는 심장병을 가진 아이는 엄마의 품에 안겨 낯선 땅으로 비행을 떠난다.
1984년으로 기억되는 나의 모습도 저러했다. 한 발짝 걷기가 힘겨워 항상 엄마 등은 내 차지였고, 잠을 자다가도 고른 숨을 쉬지 못해 힘겨워하면 온 가족이 부산을 떨며 응급실로 달려야만 했다. 열이 펄펄 끓는 밤엔 나를 업고 새벽 바람을 맞으며 밤을 세울 만큼 모질게도 엄마를 힘겹게 했었다.
한국에는 이 병을 고칠 만한 의료시설이 없던 시절이었고 당장 수술을 하기에 너무 약한 몸을 하고 있었기 때문에, 병세가 위급한 순서대로 차례를 한참이나 기다린 후에야 미국이란 나라로 떠나는 비행기를 타게 되었다. 그러나 당시의 해외여행은 자유롭지 못했고 돈이 많이 드는 일이라 엄마와 생이별을 한 채 낯선 땅에서 한 달 가량을 채류했다. 매일 밤 울었고 매일매일 엄마가 그리웠다.
지금 아이는 한국으로 심장수술을 하러 떠나는 길이다. 엄마와 함께 하는 수술 길이라 그래도 다행이겠지만, 내가 그렇게 느꼈던 것처럼 아이도 낯선 땅에서 수술대 위에 눕는다는 것이 분명 두려울 것이다. 공항의 출국장에서 아이는 동그란 눈으로 나와 눈빛을 교환한다. 심장 박동이 서로를 느끼듯 그렇게 우리는 같은 운명의 사람들인 것처럼 서로를 향해 강한 희망의 메시지를 나눈다. 꼭 건강해 질 것이라고, 웃으면서 다시 만날 거라고.

코타 키나발루 공항에서 심장병 아이를 한국으로 보내며…

Check
Persons
No. 90963
PRICE
AMOUNT
UNIT

행복한
전염병

그는 내가 주문한 것과는 다른 음식을 내게 가져다 주었지만

나는 아무 말도 할 수가 없었다.

그가 내게 보여준 이 근사한 웃음 때문에…

아직도 사진 속에서 환하게 웃어주는 그가 고맙다.

나 또한 그로 인해 지난 시간들을 되짚으며 웃을 수 있기에…

미소

내가 아이에게 다가갔을 때 아이는 수줍은 듯이 도망을 쳤다.
그런 아이의 뒷모습이 살짝 얄미워지려는 찰나
아이는 무슨 생각인지 휙~하고 돌아서
나에게 갑자기 환한 미소를 던졌다.
그 예쁜 웃음에 나는 완전 무방비 상태가 되었던 기억이 난다.
아이가 전해 주는 따뜻함이 가슴속에서 차오르는 것을
뻐근하게 느꼈다.
미소는 이방인의 마음에 봄을 불러 일으킨다.
어떤 장소가 좋아지는 것은
그곳에서 먹었던 맛있는 음식이나 멋진 풍경보다
어쩌면 이렇게 우연히 마주친 한 사람의 미소일지도 모르겠다.

오늘따라 Dataran Merdeka의 나무 그늘이 그립다.

심연(深淵)

너를 생각하면 할수록 내 마음은 자꾸 심연으로 빨려 들어가…

야간비행

Friday, 29 Aug 2008 / Flight AK5115
Depart Kota Kinabalu (BKI) at 20:05
Arrive in Kuala LCCT (KUL) at 22:35
두 시간여.
비행기는 남지나해를 건너 지루한 비행을 진행한다.
Tuan-Tuan dan Puan-Puan 으로 시작되는 도착을 알리는 기내 방송. 냉동되어 있던 몸을 뒤척여 열기를 불어 넣은 후 목적 없는 눈길을 창밖으로 던진다. 6개월이 넘게 쿠알라룸푸르를 왔다 갔다 하면서도 생소하기 짝이 없는 풍경들. 비행기는 도시 외곽을 따라 선회하고 있었고 중심에는 한때 세계 최고의 스카이라인을 자랑하던 페트로나스가 이곳이 쿠알라룸푸르임을 표하고 있었다. 초점 없던 눈길은 자연스레 최고점을 이루는 빌딩의 깜빡임을 주시하고, 주변으로 드러나는 거미집 같이 얽힌 도로와 백혈구의 움직임과도 같은 차들의 순환, 도시의 광채, 한번도 보여준 적 없던 도시 천체의 윤곽에 고정된 시선을 접지 않은 채 움직임을 잃어버린 나. 신은 카메라를 챙기지 못하도록 건망증을 내게 주셨고 그 건망증은 다시 내게 사물의 하나하나를 유심히 살펴보게 하였다. 그리고 말할 수 없는 가슴속 진동과 메아리. 잊지 못할 기억을 선물로 준 건망증. 모든 것에는 그럴 수밖에 없는 이유가 있는 것이다.
25분간의 저공비행. 활주로가 기체를 삼킬 준비를 하고 있을 때쯤 멀리서 터지기 시작하는 불빛의 향연. 2일 앞으로 다가온 Merdeka.
모든 것이 완벽한 야. 간. 비. 행.

빌딩사막 속 오아시스

그날은 그랬다.
적도의 태양이 온 땅을 불태워 버릴 듯이
그렇게 식지 않을 열기를 발산하던.
정오의 도시는 더없이 목말라 있었다.
힘없이 도시를 걸었다.
딱히 갈 곳도, 누구 하나 반기는 이도 없는
낯선 도시에 나는 덩그러니 서있었다.
쿠알라룸푸르.
뜨거우면서 차갑기만 한 도시.
머리 위로 내리 쬐는 열기에 편두통이 느껴진다.
왜 그랬었는지.
이유 없이 신었던 높은 구두가 더없이 거추장스럽게 느껴지기 시작했다.
대형 쇼핑몰을 도망치듯 스쳐 지났다.
삭막한 도시의 열기와 냉기가 목구멍을 답답하게 만들었다.

.

.

출구

.

.

눈을 감으면 왠지 눈물이 흐를 것 같았던 그 순간.
떨어지는 물줄기 사이로 몸을 감추었다.
그리고 나는 빌딩사막 속에서 오아시스를 만났다.

자연은 겸허한 자에게만 그 모습을 허락한다.
조급한 마음으로 올랐던 린자니는 끝내
그 정상을 나에게 허락하지 않았고
수증기로 속살을 감추고 물을 품은
칼데라를 보여주려 들지도 않았다.
까다로운 린자니를 마음속으로 달래어 가며
아침 햇살이 산의 구석구석으로 비춰들 때까지
지루한 기다림을 반복했다.
결국, 딱 한차례 신비한 그의 분화구를 눈에 담고 돌아선다.
린자니는 말한다.
조금 더 마음을 가다듬고 겸손을 품고 돌아오라고.

당신과
마주하고 있는
것만으로도…

영혼의 안식처를 바라보며 망울을 터뜨린
나리 꽃의 속삭임…

“이렇게 당신을 마주하고 있다는
사실만으로 내 존재의 이유가 됩니다.”

발리를
돌아보다

오후 네 시쯤.
꾸따 비치에 싸롱을 깔고 앉아 오가는 사람과
훈남 & 훈녀 그리고 연인 훔쳐보기,
알아듣지도 못하는 가사의 노래 듣기,
일본인 혹은 중국인이란 소리 듣지 않을 만큼 그을려보기,
장사치와 흥정하다가 결국 아무것도 하지 않기,
강아지들을 관찰하다가 몇 마리에게 미끼 던져보기,
눈에 넣어도 아프지 않고 보고 또 봐도 질리지 않는
선셋을 즐기기.

나의 질리지 않는 발리 일상 중 한 가지.

MYODA is cat

MYODA - 묘다
코 옆에 매력적인 고소영 점을 가진 말레이시아산 길냥 수고양이. 주차장에서 발견된 이후 무릎팍 고양이로 변신. 녀석과의 만남은 집 앞 주차장에 주차된 커다란 SUV 밑. 조막만하게 몸을 돌돌 말은 녀석은 금방이라도 쓰러질 듯 야윈 몸을 하고 있었다.
녀석이 겁을 먹고 도망갈까 조바심을 내며 조그마한 소리로 야옹아~ 라고 불러냈다. 자꾸만 바퀴 쪽으로 숨어 들어가는 녀석에게 작은 빵조각을 건넨다. 얼마를 굶었는지. 두려움보다 강하게 이끌린 배고픔에 넙죽 빵

조각을 챙기려 든다. 빵 조각을 조금씩 내 쪽으로 가까이 던져주며 자그마한 녀석의 반응을 살폈다. 굶주림이 주는 포만감으로의 갈망. 그렇게 내 손에 걸려들었다. 녀석은 더 이상 반항하지 않는다. 어쩌면 반항하려던 기운마저 잃었는지 모른다. 얼마를 헤매이고 다녔을까? 꼬질꼬질한 털 과 장화를 신은 듯한 더러운 발과 앙상하게 말라붙은 뱃가죽까지. 그냥 놓아두면 며칠을 버틸지 장담할 수 없는 그런 몰골이었다. 손에 쥐어도 쥐어진 무게감마저 없는 녀석.

그런 녀석을 안고 집으로 돌아왔다. 온몸에 뭉개어져 붙은 때들을 벗겨내느라 한참을 고전했다. 물을 싫어하는 동물인데다 몸이 허약하니 얼마나 괴로웠겠냐만 큰 반항 없이 그 물세례를 맞고 있는 녀석에게 애잔함이 묻어났다. 녀석은 너무나도 고운 흰색 털에 핑크 빛깔이 나는 코와 입 그리고 앙증맞은 발바닥을 가진 너무 예쁜 고양이다. 첫인상과는 달라진 부풀은 고운 털에 발랄한 꼬리 그리고 아장아장 걷는 모습마저 귀여워 그런 사랑스런 녀석의 이름은 묘다가 되었다.

이유는 모르겠다. 그냥 자연스럽게 묘다라는 이름이 흘러나왔다. 묘다는 고양이이다. 예쁜 눈과 앙증맞은 코와 입을 가진 말레이시아에서 가장 예쁜 나의 고양이이다. 우리는 따뜻한 호박죽을 나눠먹고 정말 달콤한 첫날밤을 보냈다. 묘다는 밤새 골골 머리맡에서 너무나도 착하게 잠이 들었고 과다한 부비부비 애정 행각을 하는 애교 많은 고양이였다. 한국으로 돌아온 지금 외로움이라는 감정에 휩싸일 때 사랑하는 나의 묘다가 너무나도 그리워진다.

느낌이 그만인 그 따스하고 부드러운 털이, 애교 많은 발랄한 움직임이, 내 마음을 읽는 듯한 동그란 눈동자가

…

우리 묘다 잘 지내고 있는거니?

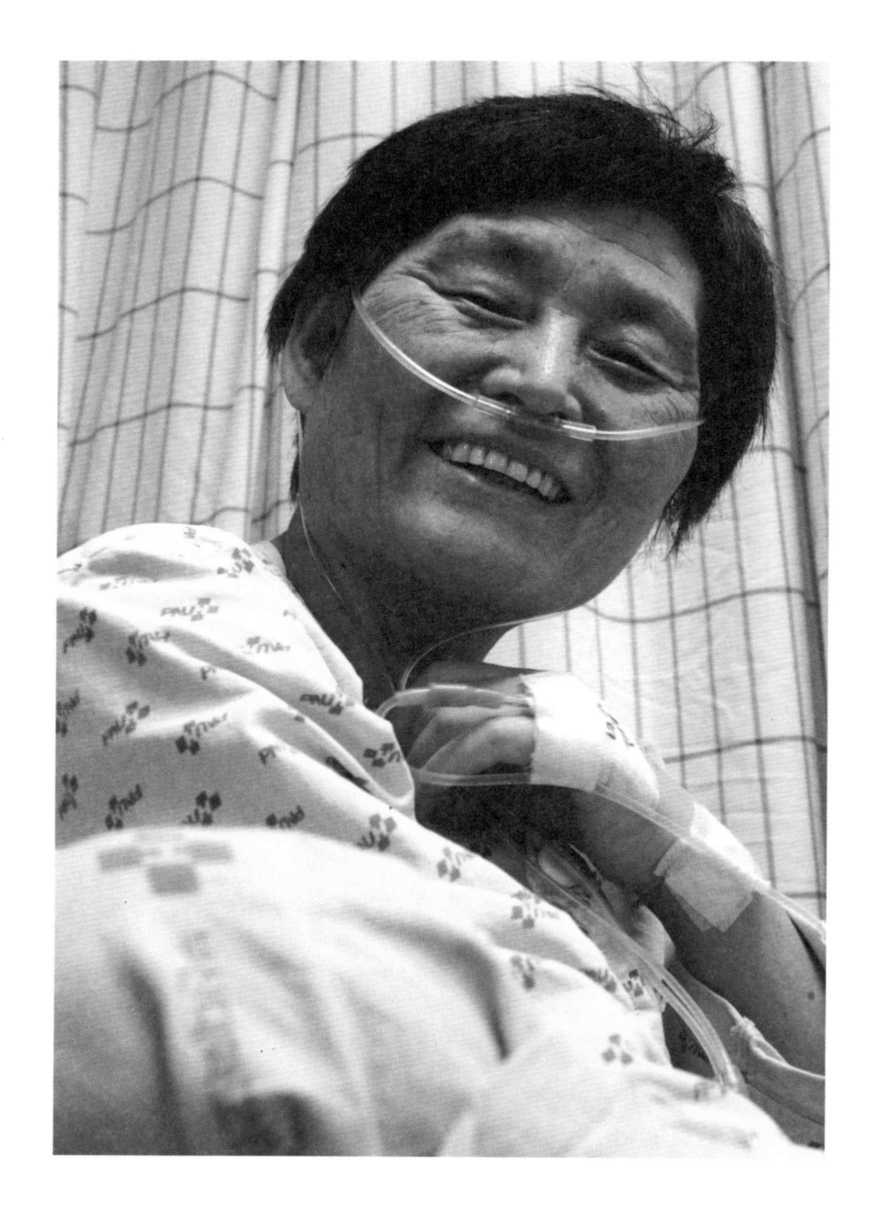

엄마!
힘내!

답답하고 건조한 병원의 담벼락을 보며
그녀는 두 번의 큰 명절을 보냈다.
언제 끝일지 모르는 병원 생활.
그래도 딸을 보며 미소를 보내는 그녀가 고맙다.
젊은 사람들도 힘겨워한다는 여러 번의 수술을 꿋꿋이 견뎌내고
병실 사람들에게 웃음을 나눠주는 장한 우리 엄마.
세월의 주름이 잡힌 그녀의 손을 잡으며
나직이 속삭인다.

사랑하는 우리 엄마 힘내!

기도

조용히 기도를 합니다.
이제껏 너무 내 욕심을 위해 살았던 것은 아니었는지.
나눔이라는 단어에 너무 인색하지는 않았는지.
세상의 좋다는 것들을 나만 누리지는 않았는지.
감사의 기도를 합니다.
더 큰 아픔을 겪지 않은 것에 대해서.
힘들 때 위로의 말을 전해주는 고마운 사람들을 주신 것에 대해서.
더 늦기 전에 깨달음을 주신 것에 대해서.
다짐의 기도를 합니다.
부족함이라도 나누는 삶을 살겠다고.
가족의 울타리를 지키는 삶을 살겠다고.
원망보다는 희망의 삶을 살겠다고.
아픔을 겪고 나서야 가족의 소중함을 다시 깨닫게 되었고,
배고픔을 느끼고 나서야 주변의 이웃을 생각하게 되었고,
부끄러움을 느끼고 나서야 방황했던 생활들을 후회하게 되었습니다.
밑바닥까지 내려갔기 때문에 다시 솟아오를 힘과 열정이
생겼다던 어떤 이의 말이 생각납니다.
그 힘과 열정이 오롯이 솟아나 나 아닌 다른 이를 위해
발휘될 수 있도록 기도를 합니다.
나눔이, 사랑이, 행복이 있는 삶을 살 수 있도록 두 손을 모으고 기도합니다.

봄은
희망이다

아무리 고통스런 겨울이 지나가도 봄은 오롯이 향기를 몰고 찾아온다.
거센 바람도 움트는 봄의 기운을 막을 수 없듯이 차가운 눈발에도
꽃은 피고 초록으로 무장한 봄의 기운이 산과 들의 혈관을 파고든다.
우리의 인생에도 피할 수 없는 겨울은 있다.
힘겨움에 좌절하고 끝이 없어 보이는 절망을 느끼는 순간이
누구나 한번쯤은 다가올 것이다.
되짚어 보면 2009년의 겨울이 나에겐 그런 순간이 아니었나 한다.
유난히 춥고 길었던 겨울을 나면서 많이 힘겨웠고
많이 아팠던 것 같다.
외환위기로 외국에서 일을 접고 한국으로 돌아왔고,
낯선 서울 살이에 아둥바둥 힘겨워보았고,
어머니의 교통사고로 심장이 무너져 내려 보았다.
일련의 일들을 겪어 오면서도
그래도 다시 가족이 뭉치는 계기가 되었고,
고통을 견뎌내는 법을 배웠으며,
조금 더 내 자신을 단련하는 기회가 되었다.
3월 눈으로 바닥에 떨어진 동백꽃이 나직히 속삭인다.
봄이 오고 있다고.
희망이 다가오고 있다고.

이경원

http://blog.naver.com/richardo
e-mail : richardo@naver.com

prologue

나에게 있어 "사진" 이란?
"시선과 마음의 소통" 이다.
마음으로 기억하고 싶은 시간에 나의 시선과 함께 한 풍경과 사물
그리고 사람들.
모두가 나와의 소중한 인연이기에 렌즈에 담아 추억하고 싶었던 것이
사진을 좋아하게 된 이유이다.

아버지께 중학교 입학 선물로 받은 카메라 한 대로 시작된
사진에 대한 호기심은 여행에 대한 동경으로 이어졌고 여행은
잊을 수 없는 많은 추억을 갖도록 해 주었다.
나는 사진작가가 아니다. 전문적으로 구도나 노출 같은 이론을
공부한 적도 없고 빛을 이용하는 기술 또한 몹시 서툰 사람이다.
다만 내 눈으로 보여지는 시간과 공간에 존재하는 자연이 좋아
나와 한마음이 되는 시선을 담고 싶을 따름이다.

욕심을 부려 꿈을 말한다면
죽기 전에 많은 사람들에게 "감동" 을 줄 수 있는 사진 한 장을 담는 일이다.

나는 사진을 사랑한다.

Grand Canyon

이름만큼 거대하고 웅장하다.

깎아지른 절벽과 형형색색의 기암괴석

유유히 흐르는 콜로라도 강은 한편의 장엄한 파노라마를 보는 듯하다.

무구한 세월 대변화를 견디며 서있는 위대하고 신비로운

대자연 앞에 인간의 존재감은 미약했다.

어찌 이곳에 서서 인간의 오만을 접지 않을 수 있으리.

겸허함을 새롭게 느낀 날이었다.

기도

사람과의 벽은 물론
영혼과의 벽조차도 허물고 싶었던 것임이 분명하다.
사람의 힘으로 이룬 것임이 분명한데도 불가사의로 남아 있는
웅대한 피라미드를 향해 여행자는 무릎을 꿇고 두 손을 모은다.
찬란했던 고대 영혼의 안식을 위한 기도일까?
불가사의를 남긴 이들을 위한 기도일까?
피라미드를 이루는 돌 하나하나에 묻어 있는
그들의 피와 땀이 가슴으로 젖어든다.
태양이 이글거리는 한낮임에도 여행자의 기도는 불씨가 되어
영혼과 이어진 한 가닥 연줄을 태운다.

낫 달

둥~

낫 달이 떴다.

거뭇거뭇 저녁을 몰고 다가오며

낮은 어서 가라 재촉한다.

사랑을 가꾸라고

정을 나누라고

낫 달의 얼굴은 점점 더 붉어지겠지.

사람들의 손놀림, 발걸음이 빨라진다.

하루를 마감하지 못해 남겨진 이야기는 황혼에 묻혀

전설이 되겠지.

노동

삶
그 자체가 노동이 아닐까 ?
화이트칼라의 삶도 노동이며
블루칼라의 삶도 노동이다.
동일하게 노동으로 표현할 수 있지만
노동의 질은 다른 것이 현실이다.
하지만 그 가치는 결코 다르지 않다.
가치가 다르지 않으므로
서로가 존중하고 배려함이
당연치 않은가 생각한다.
노동은 신성한 것 이기에….

사랑을 담은 풍경

고이 간직한 사랑, 님에게 전하고 싶을 때 살며시 다가가 사랑의 꽃씨를 뿌려보세요.

생명의 빛

사진을 알아가면서 빛의 소중함을 알게 된다.
하루를 마감한 자연의 빛이 서편으로 물러가면 이내
인공의 빛이 세상을 비춘다.
렌즈로 빨려 들어오는 빛의 에너지에 의지해 낚은
황홀경의 손맛은 사진가들을 유혹한다.
사진을 찍는 사람들은 빛을 찾아 떠나는 여행자다,
무성한 빛의 세상에서
한줄기 빛만이 존재하는 세상까지.
빛이 존재하는 한 그들의 발길은 끊이지 않을 것이다.
빛은 사진을 좋아하는 사람들에게 없어서는 안될 물,
공기와 같은 존재이기에.

수도자의 길

정결, 청빈, 순명
주님의 딸이 되고자
평생을 독신으로 3가지 서원에 대해
약속을 지키며 수도자의 길을 가는 수녀님.
순탄하지 않은 힘든 길임에도 불구하고
수도자들의 믿음은 오로지 기도로 지탱하고 있다.
거룩함이란 모든 사람들을 위한 것이라 말하던
마더 데레사 수녀님이 생각난다.

애타는
그리움

오늘도 아무 소식이 없다.
몇 날이 지났는지 기억조차 없다.
가쁜 호흡에
녹슬어 굳어져 가는 심장은
하얀 옷을 입은 천사
애타게 그립다.

초록 바다행
열차

회색빛 도심을 벗어나고 싶다.
초록 바다를 향해 달리는 열차를 타고…

틈에서

사람은

하늘과 땅의 틈에서 각자의 길을 만들어 간다.

그 열린 틈으로 수만 년의 과거가 있었고

또 수만 년의 미래가 있을 것이다.

희.노.애.락.을 안고서…

풍요를 기다리는 아침 풍경

넉넉한 풍요를 기다는 시골의 아침.
안개가 서서히 걷히기만을 기다리는 낟알들의 흥얼거림이 들리는 듯하다.

화려한 날을 꿈꾸며

해가 뜨는 아침은 계획하고 있는 꿈에 희망을 더한다.

힘내라 친구야

친구에게서 전화가 왔다.
잔뜩 가라앉은 목소리로 망설이는 듯 한마디 한다.
"친구야, 바다 보러 가지 않을래?"
이유를 묻지 않고 함께 겨울 바다로 향했다.
해변을 뒤따라 걸으며 친구의 늘어진 어깨에서 눈을 뗄 수 없다.
왜 그러냐고… 무슨 일이냐고 묻고 싶었지만 참을 수밖에 없었다.
친구는 한참을 바다를 바라보다 밀려오는 물결에 한발을 내딛는다.
내면으로 밀려오는 고통의 줄을 끊고 싶은 모양이다.
적막이 흐른다.
파도소리도 귀에 들어오지 않는다.
고개 숙인 친구의 어깨가 움찔거리고
애써 소리내지 못하는 친구의 울먹임만이 바람을 탄다.

봄

가끔 어린 시절을 회상해 본다.
그리운 친구들의 얼굴이 머리를 스치면
어느덧 동네 골목길을 내달리던 어린 시절로 돌아가 있곤 한다.
이집 저집을 돌아다니면서 대문에 달린 유비링을 눌러대고
냅다 도망치던 녀석.
학교 운동장에서 공차기와 자치기를 즐기던 녀석.
친구 집에 몰려가 달고나 만들어 먹는다고 국자를 다 태워
친구 엄마에게 혼쫄이 나던 녀석.
…
중년의 나이.
행복했던 추억이 있었기에
추운 겨울에도 마음은 늘 봄이어라.

이광숙

http://blog.naver.com/spindle2520
e-mail : spindle2520@naver.com

prologue

몇 해 전이다.

가슴 태우던 일이 나를 참으로 초라하게 만들었던 적이 있었다.

절실히 원했던 일이 하루아침에 산산조각이 났었다.

진정 원하면 이루어진다는 말은 내게는 소용이 없었다.

생가슴을 칼로 에이듯 그리 아팠는데

사진은 나를 조금씩 치유하면서 내게 다가오더니

이제는 내 삶의 전부가 되어버렸다.

그래서 나는 사진의 힘을 믿는다.

사진은 더 이상 나를 주눅들게 하지 않는다.

상처받게 내버려 두지도 않는다.

행복과 웃음을 주고, 자유를 주고, 재미있는 세상을 살게 한다.

내 마음이, 내 몸이 원하는 대로 살게 해줘서 행복하다.

부지런히 카메라를 둘러메고 돌아다닐 수 있고

시린 바람이 가슴속에 들어와도 외롭지 않아서 좋다.

이제 사진을 통해 소통하고 싶다.

저녁놀

날이 저물어 해가 뉘엿뉘엿 기울어 가기 전에
바다 위로 비친 저녁놀.
물위로 어른거리던 엄마와 언니와 나.
반사와 투영의 아름다움에,
사람과 자연의 아름다움에,
어둠이 내려앉기 전 걸음을 멈추고
함께 하고 싶었다.

Yearning

무엇인가 떠나보내는 세레모니처럼
조금은 서글퍼지는 장면.
눈이 오는 날 추위와 매서운 바람에도
아랑곳하지 않고 달려 나갔던
프렌즈들과의 그날.
사막인 듯 남극탐험인 듯 착각을 일으키며,
아련하게 사라져가는 두 사람 위로
저 태양은 여전히 빛나고 차갑다.
그리고 저 눈은 시리다.
내일이면 저 태양은 다시 떠오를 테고,
저 둘은 뜨거울지니
행복하여라.

길 위에 서면

길 위에 서면 꿈속에서라도 여행을 하고 싶습니다.

소중한 사랑

따사로운 오후 햇살 아래
잠든 아이에 대한 엄마의 따뜻한 사랑의 눈길에서
영원히 변하지 않는 소중한 사랑을 느낍니다.
엄마의 따스한 품에서 새근새근
아기는 달콤한 잠에 빠져 있네요.
너무도 따뜻한 사랑이,
아름다운 모습이 달콤하기까지 합니다.

기다림

희미한 안개 속을 헤매일 때

비 냄새가 느껴졌다.

진부한 그리움을 안고

저 길 위에서 내가 기다렸던 것은

무엇이었던가?

희미한 추억

가슴속 깊이 시린 바람이 분다.

반영

가을여행 일정 중

태어나서 처음으로 백양사를 잠시 들러

오색 찬란한 단풍과 사람 구경을 멋드러지게 하고 왔습니다.

가을 백양사가 그리 아름다울 줄은 몰랐습니다.

뒤집어 세상을 보니 모든 것이 더욱 아름다워 보였습니다.

가끔은 거꾸로 세상을 바라보며 살고 싶습니다.

동화 속 나라

찬란한 오월의 오후,
가족 나들이가 한창인 휴일 오후,
난 질투가 나기 시작했다.
친구와 가족과 연인 모두가 함께 하는 즐거운 휴일이
저리도 푸르고 맑은 하늘 아래에서 누리는 삶의 여유가
그들의 보기 좋은 웃음이
듣기 좋은 웃음소리가
모두 탐이 나서
질투가 나서 혼이 났다.
지금도 생각하면 입가에 작은 미소가 지어진다.
그 작은 행복이 왜 그리도 탐이났던지.
그 작은 행복을 보고 얼마나 큰 외로움을 느꼈길래
그리도 찬란한 오월을 모두 카메라에 담았는지.

선운사

그곳에 갈 때면 대학을 졸업하고
처음 이곳에 여행왔었던 친구와의 기억이
작은 방해를 일으킨다.
선운사 입구에 가면 장어구이집들이 즐비한데
그때만 해도 처음 먹어보는 장어구이라
먹을 때 고생했던 일.
그길고 그곳에 가면
아픈 기억이 되어버린 지워지지 않는 추억이
단풍의 화려함 보다 먼저 파고든다.
이제는
아침나절에 비가 한차례 내려서 단풍잎이
더욱 고왔던 곳으로
기억하고 싶다.

하얀 그리움

오전 일을 하고 있는데
둘째 언니로부터 문자가 왔습니다.
"중앙공원 지나가는데 안개가 너무 예쁘다.
지금 사진 찍으면 작품이겠는데."
시집도 안가고,
나이 먹어 카메라 들고 설치는 동생인지라 많이 밉상이지만
이때는 생각이 났나봅니다.
사진을 잘 알지 못하지만 멋진 풍경을 바라보고 있자니
일하고 있을 동생이 안타까워서
문자라도 보내주는 언니가 있다는 게 마냥 행복했습니다.
그 문자를 받고
도저히 가만히 앉아 일을 할 수 없어
반휴를 내고 냅다 달렸습니다.
사진을 취미로 하는 사람은 알 것입니다.
안개가 그리 많이 낀 날은 극히 드물다는것,
안개가 있는 풍경이 얼마나 설레게 하는지.
안개 속으로,
우산을 사이에 두고 걷는 연인이 멋진 풍경을 만들어주었습니다.
그들에게 기억하고 싶은 날들이 많기를 바래봅니다.

풍경 만들기

일일 리조트에서 낮에 아름다운 주경을 담고
새벽 물안개를 담을 생각에 다시 찾았던 곳.
그러나
어둠이 짙게 깔린 그곳에는 불빛 한점 없었다.
오직 함께 한 이들의 번쩍이는 아이디어와 열정만이 가득했다.
함께 한 이들의 남을 위한 배려와
사진에 대한 열정을 몸소 보여주며 가르쳐준 점
고개 숙여 감사함을 전하고 싶다.
가끔은 새로운 아이디어가 멋진 풍경을 만들어주기도 한다.
사고의 전환,
빛으로 아름다운 풍경 만들기.

겨울의 꽃

비상구

어디로 가야 하는 것일까요.
그 길을 알 수만 있다면 이토록 머뭇거리지도
헤매지도 않을 텐데.
지금 밖에는 비가 오네요.
오랜만에 촉촉이.
사랑하는 사람의 부드러운 손을 맞잡은 것처럼.
비가 오는데 우산도 없이 혼자 헤매며 걷는다면,
우산을 씌워줄 친절한 이 있을까요?
그렇다면 있는 우산도 버려야 해.
지금 밖으로 나가 우산 없이 걸어 볼까요.

포장마차에 들러 닭발에 소주 한잔이 좋은 날 한잔 하실래요?
오늘은 멜랑콜리하게
Uriah Heep의 "rain" 이 듣고 싶습니다.

행로

1번 국도 도보여행 중 송탄 어느 카페에서
커피를 주문하고 잠시 쉬고 있는데
창밖으로 한 할아버지가 카페 의자에 앉아
담배 한모금을 들이 마시고 있었다.
할아버지는 우리가 그랬던 것처럼,
잠시 무거운 짐을 벗어 놓고
걸어왔던 길을 잠시 쉬면서 휴식을 취하고 싶었나보다.
아침 햇살은 할아버지의 삶을 비추고
내 마음은 셔터를 누르고
그리고 그곳에 나의 시선이 머문다.
그렇게 아침 햇살은 내 마음까지 고르게 비추어 주었다.

황선아

http://blog.naver.com/dreamdiary
e-mail : dreamdiary @ naver.com

prologue

사진을 하고부터 사람이 좋아졌고 사랑도 하게 되었다.
사진으로 인해 나의 삶이 달라졌다.
나는 더 이상 혼자가 아니며
나의 이야기에 항상 귀 기울여주는 친구가 생겼다.
그 말없는 조용한 친구는 맑고 아름다운 눈으로 세상을 보여주었다.

잘 찍고 멋지게 담는 것보다 느낌을 담아낼 줄 아는 사람이 되고 싶다.
밤의 푸른빛을 볼 줄 알고 달과 별을 사랑하는,
푸른 하늘에 떠다니는 구름이 얼마나 사랑스러운지 아는
비오는 날 세상의 순수함을 아는…
바람의 신비로움과 빛이 얼마나 소중한지를 아는,
사람이 얼마나 아름다운지 아는,
사랑하는 이들의 소중함을 아는…

사진은 세상과의 소통이며 내 삶의 가장 큰 기쁨이다.
이런 기쁨을 여러 사람과 공유하고 싶다.

나의 사진을 보고 입가에 작은 미소라도 지을 수 있기를
사진이란 좋은 친구를 사랑하게 되기를
그래서 더 행복해지기를 바라면서…

Up where we belong

The road is long.
There are mountains in our way
But we climb them a step every day.

Love lift us up where we belong
Where the eagles cry on a mountain high.
Love lift us up where we belong
Far from the world we allow
Up where the clear winds blow.

갈 길은 멀어요.
우리 앞엔 산들도 놓여 있죠.
하지만 매일 한발자국씩 오르는 거에요.

사랑은 우리가 가야할 곳으로 데려가죠.
높은 산 위에 독수리들이 울부짖는 곳으로요.
사랑은 우리가 가야할 곳으로 데려가죠.
우리가 알고 있는 세상으로부터 멀리 떨어진
시원한 바람이 부는 곳으로요.

- 영화 '사관과 신사' ost 중 -

겨울바다

바다에 눈이 녹는다는 것은 어떤 모습일지,
눈이 내리는 겨울바다가 무척이나 보고 싶었다.
다행히 바다에 간 그날에 눈이 내려 주었다.
아무도 없어 적막하지만 외롭지 않았던 그 겨울의 바다.
울음이라도 터진 듯이 한없이 쏟아지는 함박눈,
바다에 하고 싶은 이야기라도 있었다는 듯
달려가 품에 안긴다.
바다에 눈이 녹아 사라져 버리듯이
내 모든 슬픔도 함께 녹아내리길
마음속으로 조용히 빌어본다.

그리움

나뭇가지에 홀로 앉아 있는 까치를 발견했다.
노을이 지는 서쪽을 바라보며 가만히 있는 새를 보고 있자니
누굴 기다리는 걸까? 아님 누굴 떠나보내고 그리움을 달래는 걸까?
하는 생각에 계속 지켜보게 되었다.
시간이 조금 흐른 뒤 새는 결론을 내린 듯이 바닥을 향해 곤두박질했다.
자살이라도 하는 것처럼…
그러나 다시 하늘을 향해 힘차게 날아올랐다.

다행이다.
새의 날갯짓에서 희망이 보였으므로…

기도

그곳에서는
아픔이 있지 않기를…
짧은 이별을 하지 않기를…
조금만 나를 기다려 주기를…
다시 만날 수 있기를…
그래서 오래오래 사랑하기를…
부디…

기차여행

춘천 기차 그리고… 추억
나를 설레이게 하는 것들…

노을과
세 아이

가을의 멋진 낙조를 담고자 강화도의 작은 해변으로 갔었는데
엄마들 모임에 따라온 아이들이 옹기종기 갯벌에 앉아 놀고 있다.
셋이 노는 모습이 귀여워 한참이나 보고 있는데
무슨 약속이라도 한 것처럼 벌떡 일어나더니 세 갈래 길로 흩어진다.
노을이 마음에 들지 않던 터라 어찌나 반갑고 재미있는 모습들인지
그 풍경을 놓치지 않고 담아내서 너무나 흐뭇한 하루로 기억된다.
아이들은 정말 어른들과는 달리 순수하다.
나조차도 누군가가 카메라를 들이대면 손사래부터 치기 마련인데
아이들은 그런 것이 없다.
아무렇지 않은 듯 얘기하고 질문하고 서슴없이 카메라 앞에
얼굴을 들이밀기도 하고
빨간 볼에 손가락을 대고 예쁜 짓 표정도 지어주고.
그래서인지 어른들보다는 아이들을 담아내는 것이
더 편하기도 하고 즐겁다.
그리고 때묻지 않은 표정들이 너무나 좋다.
나는 이렇게 사진 속의 세 친구들을 아직도 기억하고 있는데
저 작은 꼬마들은 나를 기억할까?
카메라에 반 이상 가려져 있던 내 얼굴이라 기억하질 못하겠지?
다시 그곳에 가서 만날 수 있다면 이 사진을
선물로 주고 싶은 생각이 든다.

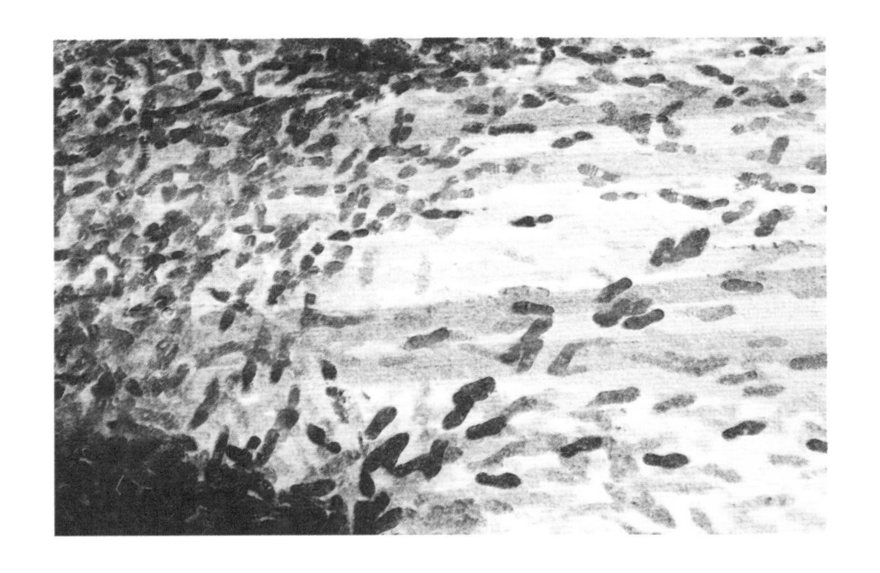

발자국

꽃샘추위를 예고라도 하는 듯 춘삼월에 눈이 내렸다.
눈이 얼마나 왔는지 보려고 베란다 창문을 열고 내다보니
눈길 위에 사람들 발자국이 이미 많이도 찍혀 있다.
눈이 내린 아침 이른 시간에도
바삐 움직였을 사람들의 모습이 상상이 된다.
보고 있자니 그 모양이 부지런한 개미를 닮았다.
나도 오늘만큼은 춥다고 움츠리고 있는 것보다는
흰 눈 위에 나의 흔적을 남기고 싶단 생각이 든다.
밖으로 나가자.
꾹꾹꾹.

오늘 하루는 몹시 바쁠 것 같다.

사랑

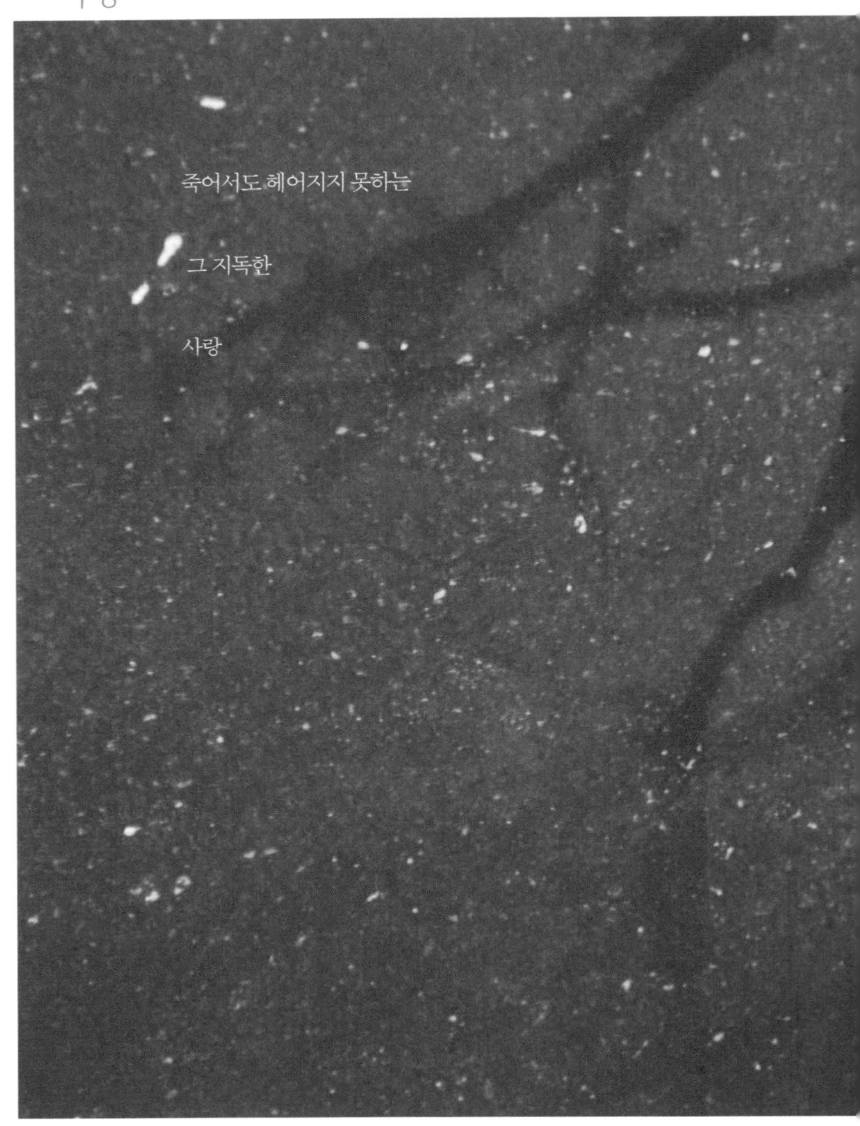

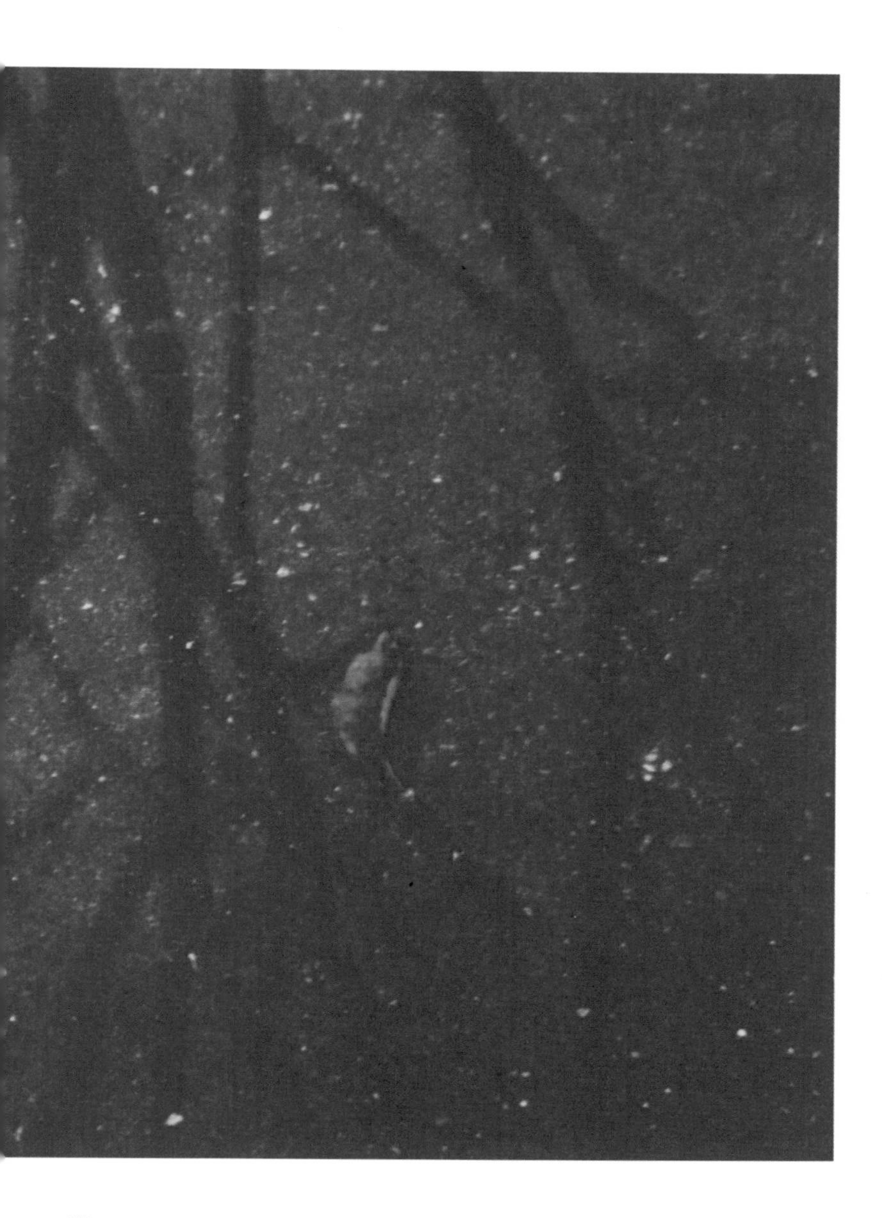

사랑의 대화

사랑해요.
나도 사랑해요.

이런 예쁜 모습을 보고 있노라면 갈매기의 언어도 들리는 듯합니다.

그리고는 이내 같은 곳을 바라보는…
사랑은 다 똑같은가봅니다.

삶

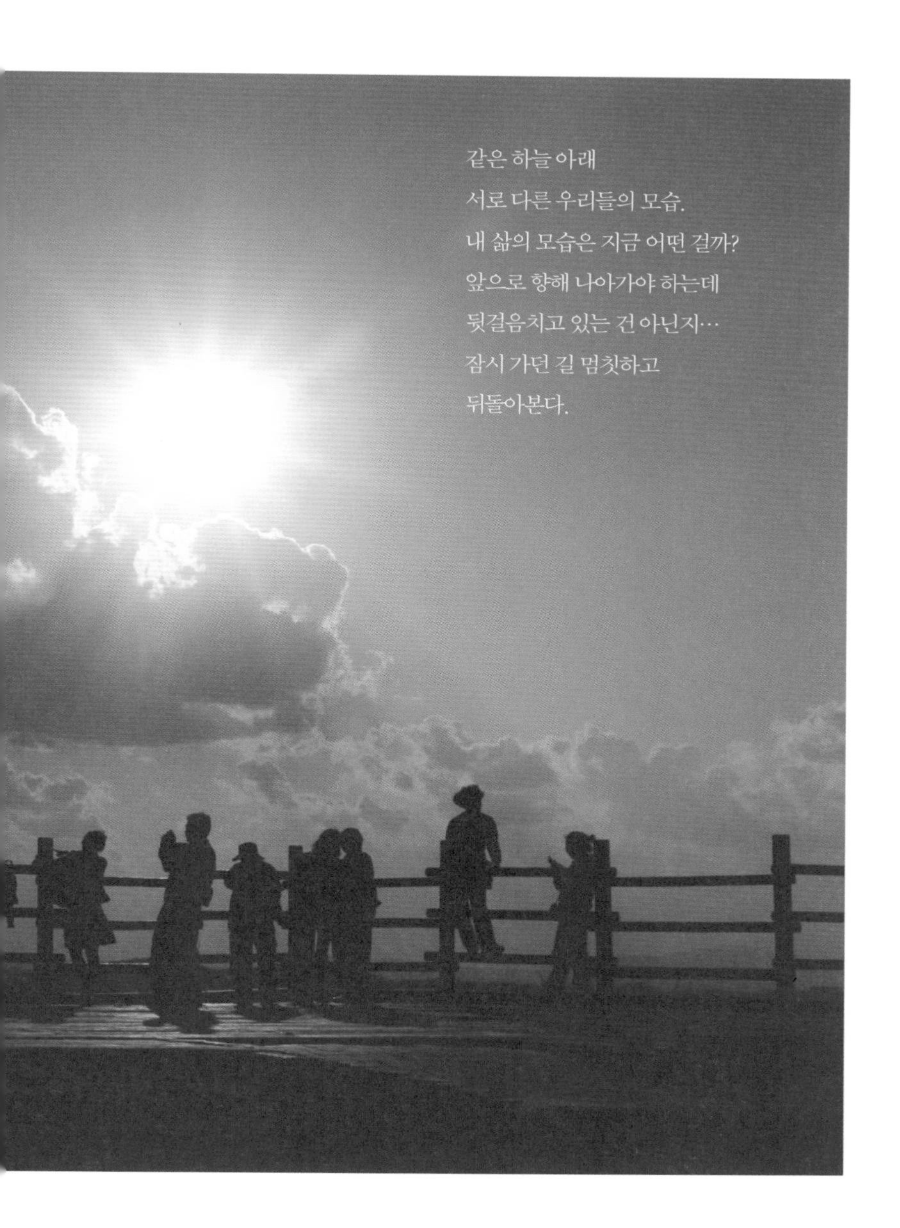
같은 하늘 아래
서로 다른 우리들의 모습.
내 삶의 모습은 지금 어떤 걸까?
앞으로 향해 나아가야 하는데
뒷걸음치고 있는 건 아닌지…
잠시 가던 길 멈칫하고
뒤돌아본다.

심안(心眼)

사진을 한 이후로 달라진 것이 있다면
주위의 작은 것 하나하나 자세히 들여다보는 마음과 눈이 생겼다는 것.
길을 가다 우연히 보게 된 작은 흙탕물 안에서 오롯이 반짝이고 있는 나무들…
나에게 사진은 대단한 것을 담는 일이 아닌 소소한 행복과 기쁨을 담아내는 일.
대상은 멀리 있는 것이 아니라 가까운 곳에 늘 존재한다는 것.

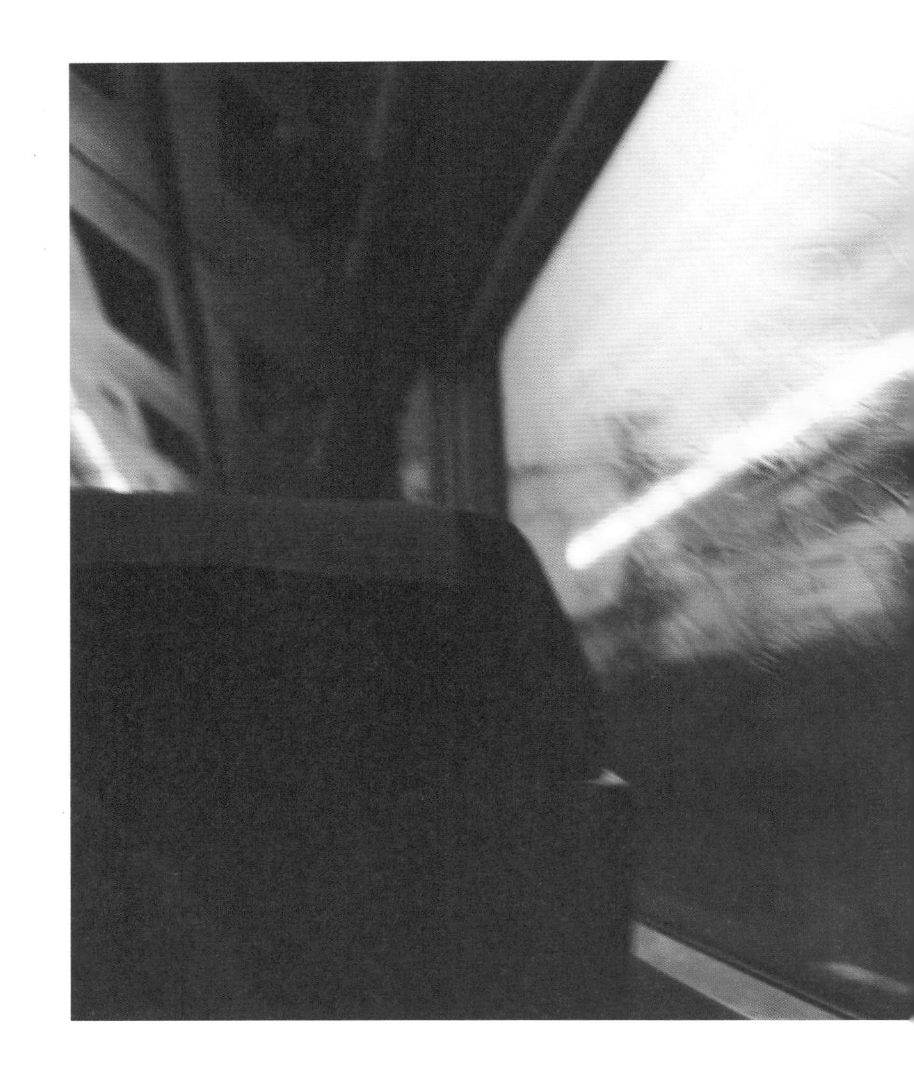

여행

내게 있어 떠남은
도피가 아닌 도전을 위함이다.
절망이 아닌 희망을 위함이다.
끝이 아닌 시작을 위함이다.

당신은

당신은 나를 '눈물 많은 울보' 라 생각하고 있지요?

그러나 나를 아는 많은 사람들 중

내 눈물을 본 사람은 그리 많지 않답니다.

언제나 다정하고 따뜻한 당신이기에

그런 당신 안에서 마음 편하게 울 수 있었어요.

당신은 참 고마운 사람.

이제는 우리에게 웃는 일만 가득하기를

당신의 뒷모습을 보며 조용히 빌어봅니다.

하늘연못

길을가다 작은 연못에서 반짝이는 하늘을 보았다.
푸른 하늘, 흰 구름, 가을 단풍들.
하늘아래 모든 것이 나를 더 자유롭게 만든다.
이런 아름다운 하늘을 보고 있으면
"나는 오늘 행복해" 라는
한없는 기쁨이 찾아온다.

하늘은 크건 작건 누구에게나 공평하게 열려 있다.
그걸 얼마나 느끼느냐 하는 건 나 자신의 몫일뿐…
당신은 오늘 행복한가요?

신미식(Shin Mi Sik)

사진과 여행으로 호흡하며 살아왔다.
그리고 사람을 사랑하는 마음으로 사진을 찍는다.
앞으로도 그렇게 길 위에서 카메라를 들고 사람들을 만나며 살아갈 것이다.

저서
〈머문자리〉 〈떠나지 않으면 만남도 없다〉 〈여행과 사진에 미치다〉
〈감동이 오기 전에 셔터를 누르지 마라 : 엮음〉 〈고맙습니다〉
〈마다가스카르 이야기〉 〈카메라를 던져라 : 엮음〉 〈나는 사진쟁이다〉
〈노웨어 : 공저〉〉 〈미침_여행과 사진에 미치다〉 〈마치 돌아오지 않을 것처럼〉
〈행복정거장〉 〈에티오피아〉 〈떠나고 싶을 때 떠날 수 있을 때〉등 14권이 있다.

http://blog.naver.com/sapawind
E-mail:sapawind@naver.com